记忆三书·之一

周志文 著

同学少年

三联书店

图书在版编目（CIP）数据

记忆三书. 同学少年／周志文著. —北京：
生活·读书·新知三联书店，2019.10
ISBN 978－7－108－06459－2

Ⅰ. ①记…　Ⅱ. ①周…　Ⅲ. ①散文集－中国－当代
Ⅳ. ①I267

中国版本图书馆 CIP 数据核字（2019）第 010544 号

责任编辑　刘蓉林
装帧设计　蔡立国
责任校对　常高峰
责任印制　宋　家
出版发行　生活·讀書·新知 三联书店
（北京市东城区美术馆东街 22 号 100010）
网　　址　www.sdxjpc.com
图　　字　01-2019-5411
经　　销　新华书店
排　　版　北京金舵手世纪图文设计有限公司
印　　刷　河北鹏润印刷有限公司
版　　次　2019 年 10 月北京第 1 版
2019 年 10 月北京第 1 次印刷
开　　本　787 毫米 × 1230 毫米　1/32　印张 7.375
字　　数　131 千字
印　　数　0,001－6,000 册
定　　价　40.00 元
（印装查询：01064002715；邮购查询：01084010542）

记忆所及的正是细节，而不是全貌；是剧情发展的高潮，而不是全剧。

——约瑟夫·布罗茨基，《小于一》

目 录

写在前面，记忆与时间 1

序一 幽人周志文 朱天文 9

序二 贝多芬的后山童年 张瑞芬 11

路上所见 19

遥远的音符 28

饭疏食饮水 36

花样的年华 46

母亲 55

火车梦 64

吃教记 73

白鸽 81

影戏 90

散落与连接 101

梵高之路 111

怪力乱神　120

写在沙上的　131

詹国风　139

魏黄灶　149

空山松子落　159

姚青山的情史　169

紫荆花　180

“疯狗”与“红猴”　190

有弗学?　200

后记　213

附　那些忧伤、音乐，和记忆——读周志文《同学少年》　220

写在前面，记忆与时间

三联书店要把我这三本书合起来结集出版，一开始，我有点戒慎恐惧，心想：这三本书值得重新出版吗？后来稍稍安定了，便免不得有点高兴起来，作品被人肯定，说不高兴是假的。

这三本书在台湾同是由印刻文学生活杂志出版社在二〇〇九年之后分三年陆续出版的，在大陆，《同学少年》二〇〇九年由山东画报社出版过，《记忆之塔》《家族合照》则在二〇一三年由三联书店及广西师大出版社出版。

这些文字只是个人人生的回忆罢了，彼此不连贯，所记内容也显得片断。《同学少年》是我读高中之前在台湾宜兰乡下的生活杂记，《记忆之塔》写的是我到台北读大学之后的遭遇感触，《家族合照》则如回光返照似的回过头来写自己家族生活中的一些隐痛，以及一些由家庭扩散出去的微小事件与人物。人微言轻，对个人而言，也许有点纪念的价值，对其他人，是没什么意义可言的。

后来想想，世上绝大多数的人都跟我一样，随缘起落浮沉，都是算不上斤两的“小”人物吧。俗语说天塌下来有高人顶着，高人是伟人，有了他们，我们小人物才能得庇荫、免灾祸。其实再想想，天下的大祸，大多是这群伟大人物惹出来的，他们又聪明绝世，天真塌了，他们自有避难处，可怜的是芸芸众生，最后被迫流离失所的都是我们。

但小人物也无须自卑，因为已经“真”的卑微了，再自卑下去，不是全没了吗？要是说到天地不仁，以百姓为刍狗，也不尽然，小人物也有自己的世界，花开花落，自成季节。能滋养、感动一般人的艺术，才是真正的艺术，这句话好像是托尔斯泰说的，因为芸芸众生总是以数量取胜的啊。

一般而言，小人物的眼睛还比大人物的清明些，不因为聪明，而是置身环境之使然。大人物如舞台上独白的演员，身体被远近的聚光灯照着，除了自己，看不见四周，表面上的万人迷，其实孤独得要死，不如黑暗观众席中的小人物，反而能把四周看得比较真实。万一发生事端要逃生，暗处的人比较能辨出方向，因此乱世中能苟活的多是小人物，做小人物不见得不好。

我又想起有关时间的事。时间不能重复，哪怕一次也不行，用句比较学术的语言来说：时间是不可逆的。读历史永远不能补救现实，现实马上融入历史，而历史绝不可能重新来过，唐太宗说：“以铜为鉴，可正衣冠；以史为鉴，可知兴替。”其实古代的兴替与现今的兴替不同，不宜混为一谈，历史学家很少能成为好的政治家的。三联的编辑刘小姐来信，说各篇文章中的纪年，“十年前”“二十年前”，现在重新出版，是不是要做处理？我觉得这问题很好，切中了时间意义的某些症结。数字是改不胜改的，假如书之后还要陆续出版，读者要记得，书中的纪年是作者写作时的纪年，而不是读者读此文时候往上推的纪年。事情发生过了，记下来算是记得，没记下来的就是忘了，记得是有，忘了是无，忘了就等于不存在了，不是吗？

我有点怀疑“客观存在”这句话。没有司马迁的《史记》、班固的《汉书》，今天历史上的张良、韩信还“存在”吗？《淮阴侯列传》中记了一段极隐秘的事件，韩信当时叛汉之心初露，有一名叫蒯通的相士来见他，文中说韩信令“左右去矣”，意思是要四周的人都走开，蒯通私底下仔细看了韩信的相，跟他说：“相君之面，不过封侯，又危而不安；相君之背，贵乃不可言。”等于直接要韩信叛变了。后人怀疑这段记录，因为当时汉高祖刘邦已几乎将奄有天下，叛汉之事攸关二人的生死，绝不会告示他人的，如此隐秘之事，司马迁何以知晓？

这证明世事在所谓“可信”之中，是有些看起来也不怎么可信的，我们不得不讨论这个问题，因为这也牵涉“记忆三书”中有关记忆的部分。

同样是三联编辑刘小姐的细心，她说我文中所引的周璇所唱的一首歌，经她查过歌词原文发现我写错了，问我要不要改过来。我说既错了，就请你帮我改过来吧。事后我想，再好的记忆也可能犯错。有一次我问初中同学古朝郎是否记得国文老师张鸿慈先生要我们背《中庸》“有弗学”的事，他说背书他记得，但是否背了“有弗学”那段他忘了。可见同样一件事，各人“采样”不同，因而记忆也有别了。

有时记错了，反而是一种“存真”呢。我在《同学少年》的《影戏》一文中回忆小时候看日本电影《宫本武藏》，三船敏郎主演的。在文中，我记述宫本武藏跟佐佐木小次郎在海边决斗，结果佐佐木小次郎把宫本武藏给杀了。明白故事的人都知道是我“记”错了，正确故事是宫本武藏杀了佐佐木小次郎，我当时人小，没弄清楚，却把错误当成真实。但如把“记”当成“记录”来说，却算是记对了，因为我把小时候的错误记忆正确地“记”了下来。

事情常常混淆，记忆当然并不那么可靠。文中所记，多属自己内心的孤证，很多已根本无法证实了，有时连我都对自己所写也有点不能确信起来。但这样的信或不信，都无关大局，时间就这样过去，连堂堂司马迁的记录都有人怀疑，那么细琐如我个人的回忆，还有什么好说呢？

但有时还真有出乎意料的事。

我在《家族合照》里有篇《老兵唐桂元》，写眷村一个独居老兵的故事。唐桂元一生做过的只是军队中最基层的兵，连个士官都不是，不识字也没家眷，退伍后在一位长官的家里打杂，不久长官他调，便以捡拾破烂糊口，后来出了车祸成了个瘸子，勉强推着破车以鬻甜食为生，最后怎么了，我因到台北读书，也就不甚了了。唐桂元这个人，在我们所处的大时代中，可说毫无“分量”可言的，古人说死有重于泰山，轻于鸿毛，他就算死了，也算是“鸿毛”级的吧。他的存在不被重视，久了连是否存在都令人怀疑了，我在情绪低落时，也曾一度怀疑我所写的是不是真的。

不料这篇文章二〇一一年三月二十九日、三十日分两天在《联合报》发表，不久竟收到一位林耀龙先生的来信，说他是在宜兰的荣民服务处担任罗东区的服务员，他读了我的文章，特别清查荣民服务处的所有资料，发现全台荣民叫唐桂元的共有四人，比较我文章中所说的籍贯、年龄，合理推出以下的唐桂元应是我文章中的“传主”：

唐桂元

1987/04/16 苏澳荣民医院住院

1987/06/02 出院（资料登记回原单位，唐在屏东退伍，户籍登记在此处。）

1989/04/03 又入住苏澳荣民医院

1989/11/30 病逝于医院

1990/03/26 安厝于宜兰县军人忠灵祠，安厝号为 02257

出生地：广西泉县

出生日期：1908/08/23

后来《家族合照》出了书，我特别寄了本给林先生以作纪念，他又找出书中所写的《书记官郭荣仁》一篇来，说郭荣仁的灵骨，目前也奉安在宜兰军人忠灵祠，安厝号是 01339，并寄来灵骨牌位的照片为证。

我真感谢热心而迄今未谋一面的林先生，经他的努力查证，两个完全被时代淘汰遗忘的小人物至少在我心里又“活”转过来了，也证明我所记的，在此世界是确实“存在”过的。林先生的来信指出我文中说唐桂元自称民前一年出生，属猪，但军中资料却是民前四年出生，不知我是否记错了。但我告诉他以我自己身份证上的资料都有错看来，他们那一代如有错则更在意料之中了。收到林先生的来信之后，我对自己记忆的怀疑感也稍稍减轻了。

便仿哈姆雷特的问题“To be, or not to be”问一句吧，是存在呢，还是不存在？也许可用这个问法吧：现在已不存在的，就叫作“从未”存在过吗？或者再换个问法：历史假如由唐桂元来写，在别人眼中他潦草的存在，是真的潦草吗？一生无依又瘸了腿，是很大的痛啊。这都是攸关生命的大问题，不仅四百多年前的莎士比亚无法解决，恐怕任谁到今都不好作答的吧。

某一个悠悠的夏日，我读到郭珊一篇有回忆性质的文章，文末几句我很喜欢，她说：

> 风月易醉多情客，但取相思一片云。最纯粹的相思是不恼春风，亦不怜秋扇，唯记得而已。而所有记得的欢喜相逢，都是因为长久的尊重，被时光之水一遍遍地过滤，直至澄净如初。

真是篇好的文章，感谢郭珊对她生命中“记得”的小事总有点痴。哪怕只是一片如雪的广东伦教糕呢，她都可以反复低回依恋。她的痴把我从虚无的险境带入沉静的现实，我宁愿相信她所说的，世上还有许多人、许多事需要我们记得，不管事的大小、人的贵贱，凡存在过的就都有意义，并且值得用时光之水一一淘洗，直到所有回到真实的澄净，不是吗？

二〇一八年八月十五日

溽暑之日写于台北永昌里旧居

序一　幽人周志文

朱天文

台湾《印刻文学生活志》的总编辑说，周志文的文章是十年来所见散文最好的（不是“最好的之一”，是最好的）。可为什么我竟错失没看见，赶快找来看《同学少年》。才看不多，已觉得我真好比那位眼昏的汉元帝，《同学少年》是《昭君出塞》里每看必叫我落泪的王昭君。年轻时我这样写：“那昆曲的笛子一吹起来，悲亢高远，闻之此生也可以不要了。”

有所谓昭君怨，昭君何怨呢？我的老师胡兰成这样说：“当时的事情果然是汉帝若要不顾一切留住她，也不是必不可以留，昭君要恋汉帝之惜意与爱慕也可以为之踌躇的，然而昭君只慷慨一二语遂去。她的这慷慨决绝真乃如伯夷叔齐的至纯极高。伯夷饿死首阳山作歌伤唐虞之世不再，司马迁谓之怨。王昭君当时是决绝了汉帝，及出塞时在马上弹琵琶却泪数行下，伤心于虞舜与娥皇女英之世不再，今时无绝对的男子也。”

《同学少年》不让人觉得是美文，这点像王昭君一样，在美与不美之上只是其本色遗想千古。周志文其文的不这么被广知，也像。还是周志文自己的文章最能说明他自己，他写那些芸芸默默的少年同学们，犹如“空山松子落，不只是一颗，而是数也数不清的松子从树上落下，有的落在石头上，有的落在草叶上，有的落在溪涧中，但从来没有人会看到，也没人会听到，因为那是一座空山。啊，多么豪奢的一场坠落”。

我又继续看他另一本书《时光倒影》，于我真是温故知新，亦更加印证了他引的古诗——“空山松子落，幽人应未眠”。深情人是幽人，就像周志文。

二〇〇九年四月八日　台北

序二　贝多芬的后山童年

张瑞芬

一个人在什么情况下会去反刍自己的童年呢？那水光倒影中衣衫褴褛的自己，并不是每个人都愿意再次面对的。在去除了所有矫饰与层累之后，用最素朴的语言说故事，像一个孩童般捧起碎裂四散的记忆拼图，茫然四顾。这样的毫无防备，我喜欢，也让我想起沈从文曾经形容的，“一切皆那么和谐，那么愁人”。阳光静静落在河滩上，那种颜色、声音和神气，总是令人心跳，很厉害地被感动着。这是作者自己提笔的心情吧！甚且，也是一个读者读周志文的书从未有过的感觉。

记忆的河滩上，乱离岁月，四岁就失去父亲，依附军眷身份的姐姐来台，和不识字的母亲、年幼的妹妹在近太平山林场的宜兰乡下艰苦讨生活。像被连根拔起后弃置于河岸上的野草，连军队或体制都无法攀附，在自然风日和荒地石罅中长养。同样是后山渔港，纯朴的乡间海风与人情，周志文笔下“想我小学的同学们”，却和邱坤良（《南方澳大戏院兴亡史》）不同。邱坤良一派在地人的笃定，日光闪在活跳跳的青花鱼鳞上，泼辣辣新鲜带水，周志文笔下的人间，不知怎的，远山带雾，斜阳掩映，光影下的反差衬出了一个青灰色的世界。疯狗、红猴、詹国风、魏黄灶、林乌丢、尤金祝、姚青山或小女友毛毛，像与整个世界完全无涉似的，多一个不多，少一个不少，也像扎的纸人或纸马，死了，也就死了，活着的，继续活着，简直是二十一世纪台湾后山版的《呼兰河传》。

说周志文《同学少年》神似沈从文或萧红，恐怕非假。你看这开篇的《路上所见》，上学途中路经小镇的“暗间仔”（妓女户），看莺莺燕燕当街挽面，晴日洗发篦头虱；画工在路旁戏院画广告牌，浑似湘西顽童沈从文上学途中当街看斗殴、宰牛、弹棉花一样。这开膛剖肚的世界充满惊奇，《同学少年》不仅是一个外省小孩在台湾乡下的成长史，见证了时代的多义性与一个成人“内在的小孩”（inner child），也印证了周志文自己在《冷热》这本书中曾说的，大部分人一生所做的，无非是无声地烘托别人的光芒。一个纽约爱乐交响乐团的首席长笛手，纵使技艺非凡，也只做得录像带中乐团边边一个配角，更不用说纷如蝼蚁的众生了。

这种“浮生”哲学与艺术家思维，取镜异常低调，叙述极其耐心，像小津安二郎或侯孝贤的电影，榻榻米一角的电风扇沉默地吹着，时间如同静止了一般。周志文以往的文章中就多这种冷静切入的角度，《三个贝多芬》中《黑暗的角落》曾具体点出，舞台其实是一个封闭且使人目盲的地方，表演者在强光中完全看不见观众，所有的艺术活动其实都是在误会之下进行的。台上台下两种人生，因此一个艺术家终生都泅泳（或挣扎）在这种颠倒之中。作为一个创作者，时时回到黑暗的角落就观察位置是必要的，因此采马齿苋、捡煤炭、看戏尾仔，“同学少年多微贱”的童年便特具意义。因为童心野性出乎自然，而且躲藏是一种快乐，时时有着意外的惊奇，而丝毫没有半点勉强。正如《同学少年》中《吃教记》中孩童做礼拜兼领救济品，形同在不同的教堂中漫游兼乞讨，“从低暗的角落仰视世界，早早就看出世界的污秽与丑陋”。孩童的心眼透亮，无须繁复的辩证，早早就见出教堂是一个不折不扣的尘世。《白鸽》一文，借由小学期间不慎留级的亲身经历，体会人人世界是可以合法羞辱弱者的。从留级同学简武次手中轻腾飞去的白鸽，是人世间柔软的真心、发亮的雄图、悲壮的意志，或必然坠毁的美丽人生？成了一个难解的谜。

悲欢人生，戏梦何如？周志文《同学少年》这一系列二十篇文字，因此并不是甜美的缅怀、无边的冥想，而有着“浮世众生”的普遍性。像詹宏志《绿光往事》那些婆妈阿姨与书店老板们，他们印证了“生命里每个片刻都有特殊的存在之理”，我们遇到的每个人都是独一无二的。早些年张大春的《本事》、骆以军的《我们》，也是一样。杜甫的“同学少年多不贱，五陵衣马自轻肥”，多少有些叹老伤贫的酸味，周志文比这多了一点宽解与涵容。同学少年多微贱，才是真正的人间，意外、灾祸、无常、老病与沦落的人间，正常无比的人间。

放下头巾气，周志文回顾自己虽身列大学教席，而在浩渺世间，知识仍然有限，和一辈子不识字在烟厂当女工的母亲“其实差别不大”；昔日家境优渥，引领他进入文学世界的小学同学，于今平庸沦落，飘零四散，如“空山松子落”。《同学少年》这本书因此不是建立在知识论或“我的朋友胡适之”一类的思维之上的。你看他之前连在《风从树林中走过》中写师友也不是写的台静农、郑骞，而是张敬（清徽）。众多有名者中，写了一个最寂寞的（身为上过张清徽老师生前最后数年课的学生之一，谁能比我更理解）。

周志文娴熟古典音乐，也擅长提出生命的反差作为深思，在较早的散文集《冷热》中，他就观察到奏出美丽的乐音的大提琴家，其实有着一双因长时间按弦而丑陋变形的左手。人生悲欢交集，巨大的痛苦与煎熬，往往淬炼出生命的极致光彩。伟大艺术家的贡献，就在于为这纷乱世界诠释或创造一个和谐的新秩序。正如同乐圣贝多芬欢悦的《第五交响曲》，谁想得到是写成于饱受耳聋苦痛之时？而滔滔浊世，又有多少人听而不见，如同“听得到众音的聋子”呢？这世界，美丽又丑陋，真实又虚假，《三个贝多芬》这奇特的书名就像一个精妙的隐喻，一个贝多芬名垂千古，一个贝多芬街头讨生活，另一个则放浪形骸，佯狂避世。这足够诠解人生的了。就像他自己一样，既名士风流，又老成持重，铁观音佐以柏辽兹《克丽奥佩特拉之死》（*La Mort de Cleopatre*）独唱曲，既冲突又和谐。

周志文在早年的《井旁边大门前面》一文中曾说到《菩提树》对舒伯特的意义，对一个迈入老年的人，童年的追想不仅是甜蜜，而且是生命中最深沉的依恋。《同学少年》这一系列文章，原本以“五陵衣马”专栏形式在《印刻文学生活志》上发表，集为一帙后，更显出它完整的结构来。篇题像藏头诗一样，《母亲》《写在沙上的》《白鸽》《火车梦》《影戏》《紫荆花》……看似闲谈无心，其实很老手。例如《散落与连接》用三段儿时回忆道出音乐相关的启蒙，“莫道儿”是荒腔走板的音乐课爆笑误解；到同学“目屎阿欉”家聆听瓦格纳气势磅礴的歌剧唱片，成为年少初体验；放学途中，懵懵懂懂在教会牧师娘窗外聆听偶然飘出的美丽乐曲。这些孤立的陨石，竟然彼此激荡成整体的生命，在某一个奇妙的时刻，一些不相关的突然都相关了。周志文这种东拉西扯，类似讲古闲说的手法，活泼草莽而特具人情味，主脉扣得紧，结尾常转出另一层意思，文字是特意素颜无妆的，淡到极致，有苦涩味，极为耐品。《影戏》《怪力乱神》都是这样的好文章。

不相信周志文《同学少年》是特意洗净文字铅华、纯用白描的人，不妨回顾他冷静内敛的散文集《三个贝多芬》《冷热》《风从树林走过》，说理雄辩的时论专栏《瞬间》《在我们的时代》，甚至渊雅精深的《布拉格黄金》乐评与《时光倒影》的故典。周志文的文字是相当熟成而富含内在秩序的，然而外表沉静的河流，却有着活泼的底蕴，龚鹏程说他个性孤凉，语妙天下，善作滑稽语，我是有一点相信的。写了那么多书还不出名，不孤凉也难，而读《同学少年》害我笑到翻倒，就觉得这个作者实在是搞笑一哥。你看他《散落与连接》写儿时上音乐课：

> 音乐课老师在教黄自写的《天伦歌》，其中有几句是："莫道儿是迷途的羔羊，莫道儿已哭断了肝肠……"后面又是："奋起吧孤儿！惊醒吧，迷途的羔羊！"分明说莫道儿是个孤儿。

这让我想到听盲诗人莫那能和他的朋友说的笑话，台湾少数民族小孩背孙中山遗嘱：“余致力国民革命凡四十年……”落落长一大串，下面没一句听得懂，心里只觉得“余致力”是哪个倒霉鬼，革命四十年还不成功，实在太不幸了。

乱世不能以庄语啊！周志文从小听母亲说父亲信的是“野兽”，原来是宁波口音讲“耶稣”；“洗了泥脖”鹅儿快乐，昂首唱清歌，可以理直气壮错一辈子；乡下老师才疏学浅，竟把“惭愧”念成“见鬼”；名为“冬枝”的同学原来是“童乩”；林“乌丢”这怪名，竟是户政事务所误植了一个堂皇无比的佳名“宇宙”。真相丑陋不堪，混沌反见清明，《同学少年》诸多情节那么可笑，却又那么真实。周志文这一系列童年回忆故事想必未完，以他近日自台大中文系退休后丰沛的写作能量，或许在可期待的未来，竟是余韵缭绕、清音可期的。

读周志文教授新作，使我想起英国著名的艺评 / 乐评家哈默顿（Philip Gilbert Hamerton，1834—1894）说的：“你绝对看不到本身思想对读者的影响，他们都在远离你的地方生生死死。”（You never see the effect of your thinking on your readers，they live and die far away from you.）读者在远离作家的地方生生死死，作家不也是在远离读者的地方生生死死吗？面对一个从来也没有了解过的作家，读者的心情，很像是荒野中惊喜迷途的鹿，循着寂凉幽谷，步步踏寻，望向前方的光明。在电光石火之间，散落成了连接，不相关的竟然都相关了。

周志文自称，记忆中的声音纷乱不堪，耳中的世界却井然有序。不同凡俗的生命，有一个凡俗的开始。《同学少年》这本书说的，或许正是：贝多芬的后山童年，或许从来也没有结束过。

二〇〇八年八月八日　逢甲大学中文系

路上所见

我从童年经少年到青年都住在台湾东北部的一个小镇上，小镇是林产的集散地，在日据时代就很繁华。一九四九年之后，林产一度还是重要产业，为地方带来不少财富，但明显已不如以往，属于雪山支脉的太平山，山上林场盛产的桧木已被砍伐殆尽，再加上五十年代末期，政府修了一条从太平山到县府所在宜兰市的道路，所剩无几的林木又直接被运到了宜兰，从此之后，林业荣景不再，小镇就须面对自己逐渐衰颓的命运。

但小镇到底是偏僻的小地方，不论沉睡或醒来都需要时间，这里的人神经松弛，欲望与气度都不大，对自己的未来，大约在十步之外就浑然不觉，既不担心，也没有憧憬，整体看是浑浑噩噩的一片。

台湾有句俗话："天公疼憨人。"意思是傻人有傻福，既是命运，穷担心也没用。小镇在兰阳平原的中心点，四周农业出产尚盛，加上交通是辐辏之区，林业萧条了，还有其他可顶替，六十年代末，台湾经济逐渐从萌芽到"起飞"，连带让小镇繁荣又有了恢复之势，只是其中的变化，须从外头看，小镇里的人反而没什么感觉。十余年的沉寂，对这里的人而言，好像只是夏日午后坐在凉椅上打了一个小盹一样。

就在小镇打盹的时刻，正好是我从童年、少年步入青年的阶段。我现在回忆我那一段时日，完全像梦境一般地迷离，每次回到小镇，看到物是人非或物非人亦非的情境，就想起张宗子啮臂自呼"莫非是梦"的样子，自己也跌落类似的感怀之中。

我常想起少年时我在小镇路上游荡之所见。说游荡，其实多数是在上学放学的路上。小镇当年小得可怜，从南边走到北边，就是放慢脚步，也大约只需半个小时，从东走到西也是。小学我转了几次学，记忆有些混乱，但上中学之后，行程就比较固定。我在镇内的一所中学读完初中与高中，再加上我曾留级，有七年的时间，我上学放学几乎走同样的几条路，使我得以"饱览"途中盛景。这里的"饱览"是指天天看、重复看，已有些饱腻的感觉，而不是指小镇有什么特殊风光，值得人好好去欣赏。

小镇在日据时代因为曾是桧木的集散地而风光过，一度是东洋客与本地富豪的销金窟，情况有点像北部基隆附近产金矿的九份。但这里并没像九份那般急速地暴起暴落，林产的兴替究竟比金矿的起落要悠缓些。

在从太平山到宜兰的道路修好之前，仍有些林木会经公路运到小镇，镇西一条名叫中山西路的路端，还有一个原木运输的检查站，所有运下来的林木都须在那里停车受检，这里是镇上还可以看出与林产有关的地方。每当运木卡车在路边停妥，就会有几个个儿比较大的孩子像猴子一般攀爬上车，用铁杆之类的器具把车上巨木的树皮剥扯下来，他们的动作必须迅速又准确，因为车子不会久停。车下则有几个妇人带着比较小的孩子，把掉落路面的树皮扫进畚箕，倒进准备好的麻袋中。那些树皮带回家，晒干了可以成为燃料。站上的管理员与车上的驾驶员看到这乱糟糟的景象也从未阻止过，因为这些林木运到小镇，就会被抛到贮木池，树皮不被剥去也会在水中腐烂掉。那些刚被剥去树皮的巨木，露出新鲜得像人类肌肤的色泽，像被分解又放大了的人的肢体，当它们被卡车载着在路上招摇而过时，常令人遐想不已。

往日的繁华还在小镇留下一些印记。在镇南有一块不算小的地方，是小镇著名的“暗街”区。所谓暗街，就是指酒家、公娼与暗娼聚集的地方，闽南语把那些见不得人的营业叫作“暗间仔”，从事色情行业叫作“开暗间仔的”。家长都警告小孩不要经过那里，但暗街距离我住家很近，严格说来只有小溪的一水之隔，我不得不常常走过。我自少年时代就听惯了酒女与恩客打情骂俏的喧哗，和下里巴人所唱的俗调小曲。早上上学经过时，暗间仔的门窗都紧闭着，像一座死城，但到黄昏放学时就都活转了过来，那里真是一个名副其实的夜的都会。

给我印象深刻的不是暗街平日的样子。宜兰以多雨闻名，冬天的雨季常常会一整月不见天日。有一天放晴了，早上上学经过暗街，就见每户暗间仔都打开了门窗，把早已泡湿的棉被、垫被、枕头等拿出来晒太阳，有的放在椅子上，有的用竹竿撑在店门口，零乱又猥琐，却显示这个区域难得一见的朝气。平日很少见到阳光的妓女，也都出来了，有的坐在店门口的小凳，让年长的妇女为她们“挽面”，就是用两股棉线在脸上不断搓绞，用来拔除脸上的汗毛，汗毛虽小，连根拔去也会痛的，但被挽的女子，似乎一点不痛，还在跟人调笑不已。不挽面的妓女则利用难得的晴日洗发，洗完彼此帮忙梳头。她们用的是一种名字叫篦子的梳子，是用竹子做的，密得出奇，可以“篦”出发际的头虱，篦出的虱子得立刻杀死，帮忙梳头的人总是手忙脚乱地不时用指掐、用牙咬，口中还不断惊呼，场面热闹而有趣。

常听到人家讲那些妓女的故事，台湾传统社会的观念是重男轻女，早期穷人家里的女孩，很多被送给他人作养女，有的给人作“童养媳”。送走的女儿，遭遇都很不好，命运不济的常被推入火坑成为妓女。最令人不忍听闻的是推她们入火坑的人往往不是养父母，反而是她们的亲生父母，而推她们的理由又不见得都是贫穷。走过暗街区，听到夜夜笙歌不断，一片热闹，而其中暗藏着的都是令人鼻酸心痛的故事。

在暗街北边的一个街口，有间杂货铺，杂货铺什么都有得卖，尤以供应暗街之所需为主，譬如烟酒之类的。门口摆有水果摊，卖些香蕉、芭乐、龙眼之类的土产水果，还卖甘蔗。甘蔗虽不算水果，却是水果摊的消费大宗，吃的人不少。每天下午起，水果摊前就聚集几个男人在那儿边说笑边啃甘蔗，他们一时兴起，往往喜欢玩劈甘蔗的游戏，引起众人围观。游戏是把一整根带皮的红甘蔗立在地上，拿一把带钩的铁刀顶住甘蔗，然后放刀在空中玩一个夸张的花式动作，正当刀在空中时，甘蔗倒下来了，而那男人在甘蔗还没全倒下的时候，纵刀朝甘蔗劈下去，看劈到哪儿，那段甘蔗就由他独享。有的人厉害，能把甘蔗从头劈到尾，那么整根甘蔗就归他一人所有了。整个游戏在调笑与谩骂中进行，但手上拿的刀又锋利无比，弄不好会伤到人的，所以过程也有些紧张。后来才知道那些男人是暗娼的保镖，他们的任务之一是维护暗间仔的安全，在路口看到风吹草动，就连忙通风报信，还有一种任务是阻止被推下火坑的妓女逃跑。他们有和乐的一面，也有凶残的一面，其实整个暗街都一样。

在政治禁锢、经济萧索的时代，小镇的娱乐事业并没有停止。正巧那几年可以说是电影的黄金岁月，小镇的电影院由一家增加为四家。最早的那家在火车站附近，原来是个专门演歌仔戏的戏园子，后来演起电影了，人龙不断，票房鼎盛，电影院就越开越多了。小镇虽小，但人口组织结构有点特殊，这里有一座联勤（当时军种的一种，与陆海空军是平行的）被服厂，员工人数不少，又有两个陆军军眷的“新村”，所以比起其他地方，“外省人”多些，但再多也不过当地居民的二十几分之一。外省人喜欢看“国语”片，本地人喜欢看日语片，早期还没有闽南语片，大约过了几年之后，才有哭哭啼啼、打打闹闹的闽南语片出现。我记得我看过一部叫作《王哥柳哥游台湾》的片子，当然是黑白片，完全模仿好莱坞的劳莱、哈台的演法，一胖一瘦地插科打诨，动作夸张，还是默片时代留下的痕迹，居然很受欢迎，后来那片子就续集、再续地拍下去了。

街口电影院新张贴出来的广告总会吸引行人，电影院除了有招贴广告，还有活动的广告。活动广告是让人前后夹着夹板，夹板上贴着电影海报，沿街敲锣打鼓，或者用吼叫来为电影做宣传，当时叫他们“广告的”。有的“广告的”还化了妆，顶一个红鼻头，装成马戏团里的小丑，跟黄春明的小说《儿子的大玩偶》里的“三明治人”一样。但这种“三明治人”只流行了两三年，后来活动广告就被三轮车取代了。

每家戏院都会在门口树立大型的广告牌，那些广告牌又高又大，用来介绍现在上演的或是即将上演的电影，最是引人入胜。广告牌是由帆布做的，一个巨型的电影广告牌往往是由好几个小型的广告牌组合而成，画的时候是一小片一小片地画，拼起来要成为一个整体，不是老于此道者很难做得好。我上中学时，对绘画曾有兴趣，放学后常到戏院的画房去看师傅们画广告牌，一度还想投身此业。镇上大东戏院有一位广告牌师傅最得我心，别人画人脸时需要在剧照上先用铅笔打上格子，再在广告牌上画放大的格子，然后用炭笔依比例先画轮廓，才能把画像画得准确，而这位师父连画稿都不必打，看着剧照拿起刷子大剌剌地说画就画，一点也不犹疑。在他边上看，有时不知道他画的是哪一部分，就是知道他画的是哪部分，看起来也乱糟糟得一点也不觉得像，要等到他画完后拿到外面，把一片片的画板拼合起来，从远处一看，人物竟像活着的一样，其传神的程度，甚至比剧照上还要强呢，真是神乎其技。

街头林林总总可看的东西很多，不过各人所看到的不见得相同。上学路过，在快到菜市场的街角有一家很小的照相馆，这家照相馆门面寒酸得很，大门以外就只有一个小小的橱窗，橱窗里放着几张放大的大头照，吸引我的是里面一张我小学“学妹”的照片。当时彩色照片的色彩生硬得很，冲放的设备也差，有些照相馆喜欢把黑白照片加工涂上色彩，就算技术再好也显得怪异又别扭。我学妹的那张是张没加工的黑白照，却显得落落大方。学妹比我低一班，名叫崔美琪，本人就很漂亮，但照片把她拍得更美，黑幕做衬垫，使她皮肤更显白皙，眼睛大又明亮，脸上挂着轻笑，好像准备跟你说话的样子。每次经过，都叫人不得不多看一眼。

那都是多少年前的事情了！尽管我上大学之后就离开了小镇，其他家人也陆续迁出，但我每年还会回去几次。虽然我出生在外地，但长于斯学于斯，在情感上，小镇也算我的故乡，它又是我母亲的埋骨之所，我总要不时地回去祭扫，然而每次回去，都会或多或少地牵引出黯然神伤的情绪。我以前住过的眷区已改建为贴满褐黄相间瓷砖的大厦，里面住的人已全不认识，眷区前面的小溪，以前是我们小孩练习游泳、妇女洗衣的地方，现在上面加起了盖子，变成了一条四线的公路。因为小溪没了，“对岸”当然也不再存在，原来的暗街已建满了连栋的商业大楼。我突然对当年藏污纳垢的暗街怀念起来，那些群聚在街口劈甘蔗为戏的保镖，那些边捉虱子边调笑的妓女，不知道后来都被扫到世界的什么角落去了。因为缺乏实景佐证，有关那个潮湿阴冷时代的记忆，就像照片上褪色而模糊的面容，消失了后就再也想不真切。

唯一可以验证的是低我小学一班的学妹崔美琪。一次小学同学会上我见到了她，她与一般中年妇女一样地发胖了，但面容还很姣好，还看得出小时候的部分模样。她听说我在大学教书，特别热心地告诉我她儿子是某所大学毕业，已在某个令她得意的处所工作之类的事。我一时之间不知道该跟她说些什么，脑中不禁想起小镇的那个幽暗的照相馆来，想问她那张小时候的照片还在吗，但话还没说出口，另一个她同班的女同学大声插话，硬拉着她往外走。她尴尬地跟我说要早点回去，因为家里还有一大群牌搭子正等她回去重燃战火呢，说完哈哈地笑了起来。她问我刚才要跟她说什么，我说没什么，你还是早点回去吧，她顿了一会儿，仿佛不懂又仿佛懂似的，笑着说是呀是呀。

遥远的音符

大约在五年前，我觉得有耳鸣的现象，医生建议我检查一下听力，结果很不幸，医生说我的听力在高频上已经损失了一半，低频也损失了接近三分之一，而耳鸣呢，他说是随着听力的衰退而增加的，基本上是老化的现象。我跟他说我平日听音乐，并不觉得有什么高音听不出来，医生说高频不见得等于音乐中的高音，听力丧失是一点一点来的，通常不会马上察觉，高频损失后，高音还听得见，只是觉得单薄一些，像听惯立体声的立体音响后转听单声道的 Mono 音响。我抗辩说我高低音每个音部都还听得很清楚啊，医生笑着但用冷冷的语气说："也许你幸运，还听得到很多，也许你听不到了，你听到的其实是记忆里的声音。"

医生说的"记忆里的声音"，让我想起一些与音乐或声音有关的往事。我少年的时候，是没有听音乐这类名词的，那时台湾一穷二白，哪有余闲谈跟艺术有关的事呢？青年时代在一本书里看到这样的句子："音乐是有感情的声音。"当时有些困惑，对我们那一代的人而言，如果说"音乐是昂贵的声音"还比较合理。为什么声音必须加上感情才叫音乐？没有感情或者不论感情但搭配得很和谐的声音能够算音乐吗？如不能，巴赫的器乐例如键盘作品算什么呢？还有，音乐如非要以感情为重，那指的又是怎样一种感情呢？愤怒与仇恨能算吗？慵懒与无聊，有时迸出喜悦的火花，有时又觉得所有的秩序都不应存在，要把节奏、和声等一切打破打碎才甘心的错乱情绪，也都是感情，能把它们放入音乐中吗？如果不能，十九世纪末叶以降，巴尔托克、勋伯格、韦伯恩至于斯特拉汶斯基所写的，都还能算是音乐吗？

话说得太远了。然而那本书说的也不见得没有道理，回忆往事时附带记起的一些声响，有时只能算片断的杂音吧，但对回忆者言，因为带有感情，却也能够算是音乐了。我现在说些有关声音的往事。

我回忆里的声音，很多与我母亲有关。譬如小学时，不管天气多冷，母亲总会逼我与她一同早起，要我坐在炖煮早餐的炉灶前面背书。母亲是宁波人，她喜欢吃"泡饭"，所谓"泡饭"就是把昨晚的剩饭放在水中熬煮一次，其实就是稀饭。但以前吃"眷粮”全是久煮不烂的“在来米”，她要我在炉前顾着锅子，不要让在煮的泡饭滚出来，她自己一个人到很远的水井去提水。那时的水桶是洋铁皮做的，母亲很瘦弱，水桶很重，她在提回来的路上需要休息两次，我听到她放下水桶时提手铁环碰击铁桶的声音，连忙冲出去想帮她，但每次都被骂回，说我背书不专心，小心又要挨她打。母亲没受过什么教育，不懂得运用鼓励，认为打骂是让孩子有出息的唯一方法。我黄昏放学回家，总在见到母亲之前就先听到她炒菜的声音，金属的铲子与铁锅相击，发出清脆而绵密的响声，夹在其间的是油爆的蔬菜的气味。

我少年时代，台湾乡下还有一些传统的手艺，是靠独特声音来招徕顾客的，其中一种帮人磨菜刀剪刀的，磨刀人手中拿着一条串着铁片的串子，沿街甩动，刷刷作响，母亲听到后，常叫我把家里的刀剪拿去磨。母亲有把小剪刀是从大陆带来的，环状的把手部分，用细藤缠着，母亲对它十分珍惜，一直让它保持锋利，母亲缝补衣服、剪鞋样、纳鞋底都用得到，是母亲少有的珍藏。说起母亲的珍藏，还有几块俗称“光洋”的民初银币，大的叫“袁大头”，上面是袁世凯的雕像，小一点的叫“孙小头”，上面雕的是孙中山。当时市面上有很多假货，母亲教我辨识的方法是听它们的声音，只要用手指托起一片来，在边缘吹一口气，放到耳边听，就能听到一阵奇特而拖得很长的“央——”的声音，母亲说那声音是假的银币绝不会有的。还有，用两片银币相击，也会发出清而亮的响声，听来十分悦耳，因为“光洋”是纯银做的，如果掺了假，就没那么好听了……奇怪的是，我对母亲的记忆，很多都与金属的声音有关，我如是作曲家，一定会用打击乐器里的钢片琴、三角铁、钹来表现最温柔最遥远的感情，这点恐怕不会被很多懂音乐的人所接受吧。

有些声音与母亲没什么关系，但也存在于心的深处，偶尔会悠悠地想起。四五十年前的台湾城市中，有一种专卖早餐作料的生意人，他会推着擦拭得很干净的推车，走遍大街小巷。车上排满了玻璃做的瓶罐，里面摆着酱菜、豆豉、豆腐乳等食物，也有日式的纳豆与腌黄萝卜，他停好车，就会拿起摇铃不停地摇，买他东西的，大多是家庭主妇，小孩也可能跟他买包花生米、笋豆或甜豆来作零食。他摇的铃跟很多小学摇的铃一样，铃声清脆而响亮，铃响的时候好像背后还有小孩嬉戏的声音呢，让人充满喜悦。还有一种声音发自扁食担子，本省人把馄饨叫作扁食，每当夜晚，卖扁食的小贩把担子在路灯下安置好，他会技巧地用一把调羹轻击空碗，发出独特的叮叮咚咚的响声，引人来食。那声音很小，但烧热的扁食汤中混着葱、姜、芹菜末，还带着胡椒的辣味，想吃的人总听得到。另外一种声音也与食物有关，也是夜间才听得到的，那是卖面茶的声音。卖面茶的总是推着推车，推车中间的煤球炉上有一把铜制的大壶，壶嘴上的哨子被壶水的热气顶着，发出高昂又兴奋的鸣声，像高音乐器短笛（piccolo）被惊人的肺活量连续吹着高八度的Mi。滚水是拿来冲面茶的，也可拿来冲调又稠又有特殊香气的太白粉、藕粉。你要微甜还是大甜的呢？小贩会问你，现冲现吃，趁热吃，不管夜晚多冷，包你吃了不饿了也不冷了。

晚间街巷之间有另一种声音，与前面愉快的响声不同的，那就是按摩师的笛声了。早期从事按摩的都是盲人，他出来营业需有人搀扶，通常是一个孩子走在前面，盲人把一只手搭在孩子的肩上，另一只手拿着只有三个孔的特殊笛子，一边走一边吹着。盲人举步维艰，他的笛声与步伐总是凄楚的慢板。简单的笛声在昏暗的街角响起，尤其在下雨的晚上，清越寂寞又带有一些悲凉，让人想起人生就算一番平顺，但总也有碰上不如意的时候。

我的小学时代大部分在转学中度过，才刚熟悉的环境，一下子又变得陌生，使我调适起来有些困难，记忆中的声音，常常也不是那么单一而真切。我五年级的时候，转学到一个外省人居多的被服厂子弟小学就读，那个简陋的学校在铁路与锯木厂之间，排山倒海的噪音把我们弄得成天昏头转向。音乐课应该是有的，但怎么上的，现在已一无印象了。只记得跟我们教室相邻的一、二年级有一位名叫林秀兰的老师，她带低年级学生扯着喉咙唱一首歌名是《喇叭花》的歌，那首歌的歌词是这样的：

咧咧啦，咧咧啦，叭叭咧咧啦，开了一朵花。

开的什么花？喇叭花，摘了回去吧！

这首歌没头没脑，劈头就咧咧啦啦地大叫，歌词歌曲都粗俗不堪，却长期萦回在我记忆中，挥之不去，到现在有时还会让我脱口唱出呢，真令人绝望啊！每想起这粗糙的音乐，我的童年就变得苍凉起来。还有一首童歌，首句是“我家门前有小河”，后来“我家门前”就成这首歌的歌名了，我也是听低年级学生唱而学会的。但我把这首歌词的关键部分完全给弄错了，歌词原来是：“小河里有白鹅，鹅儿戏绿波，戏弄绿波鹅儿快乐，昂首唱清歌。”我却把“鹅儿戏绿波”唱成“鹅儿洗泥脖”了，“戏弄绿波鹅儿快乐”唱成“洗了泥脖鹅儿快乐”，直到多年后一位候选人说要把台北建设成环保模范城市，老带着竞选团队唱这首歌，我看电视上打出的字幕，才知道自己弄错了，而且一错就错了四十年。

我最早“正式”聆听音乐，是初二时到同班同学陈启智家里听的，他家住在“成功国校”边的巷子里，好像就是学校的宿舍，也许他的父亲或祖父是教师吧。陈启智的家里有个喇叭与唱盘相连的三十三又三分之一转唱机，那时唱片从七十八转的“硬胶”刚改成三十三转的“软胶”不久，所以他们家的那个唱机算是个新货呢！他家有很多张后来被称作 LP（Long-Playing）的唱片，大部分是日本流行歌曲，还有是一些由日本歌改编的轻音乐，跟当时电影院在电影开场前放的一样。我记得陈启智最喜欢一首名叫《爱染桂》的演奏曲，每次唱到这首时，就把音量旋大些，自己也跟着哼唱起来。

有次陈启智从一张米色的封套中拿出一张橘色的胶制唱片，轻轻地将它放在旋转的唱盘上，现在知道那一定是没有版权的翻版唱片，音质不会很好，但当唱针接触唱片，一种从未听过的庄严又繁盛的音乐从小小的喇叭里倾流而出。开始是三个短音一个长音，然后高低音像回音似的相互应答，后来各个乐部、各种乐器都用同样的方式发音，融入伟大的声响中，形成沛然莫之能御的音乐洪流。我无法形容那奇异的经历，声音虽然从我的耳朵灌入，却像火一般在我身上燃烧起来，终于沸腾了我的血液，原来那就是贝多芬的第五号交响曲《命运》！我当时不知道看唱片封套上印出的演奏乐团，也不知道指挥是谁，只知道这段音乐给了我无与伦比的属于生命层面的激荡，它让我觉得在我身体里面即使是一些细枝末节之处，那些我从来不加顾惜的地方，都充满了力道与节奏。我像一张被风鼓满的帆，我从来没有如此“昂扬”过。唱片的反面还有舒伯特的第八号交响曲《未完成》,《未完成》的旋律轻柔又优美，带着一些忧伤，有的地方觉得与日本轻音乐有同样的味道，当然那是不成熟的看法。不过总而言之,《未完成》没能令我震撼，它在我身上的作用不能与《命运》相比。

初三之后，我与陈启智不同班，相处的机会就少了。高中的时候他选择了另一个学校，我们就更无机会往来。后来我读大学，大约在我大三的时候，他考上了我们学校的政治系，在校园我们还短暂交谈过。我大学毕业后当兵回来，有一次听同学说他因参加秘密集会被抓，那时还是要命的戒严时代，他在狱中待了些时候，放出来后他政治系有没有念完我不知道，只知道他后来回到家里，在宜兰乡下做贩售花粉与健康食品的生意，生意做得不好，过了几年生病而死了。那次在校园见过之后，我们就再也没见过面，此后死别而吞声，人生的际遇就是这样深不可测。

耳鸣不断，一些轻微的声音已经听不大到，再加上世间嘈杂，周围总是噪音不绝，每次听人说话，总要人家再说一遍，就表示自己老了。医生说我听到的是“记忆里的声音”，老实说，我记忆中的声音也是纷乱不堪的。感谢少年时代的陈启智帮我开启了一扇听觉的新门户，让我从青年之后，有机会进入音乐的树林，能在其间从容漫步，有时沉思，有时什么都不做只是在那儿单纯地歇息。我记得最初的震撼与感动来自贝多芬的《命运》，而最大的启示也在那儿：生老病死，美丽与衰颓，希望与绝望，三短一长，三短一长，人的一生有谁能真正挣脱“命运”的掌握呢？

饭疏食饮水

《论语》中孔子曾形容自己说："饭疏食饮水，曲肱而枕之，乐亦在其中矣。不义而富且贵，于我如浮云。"我很喜欢这几句话，这几句话有道德的境界，也有美学的境界。不为富贵所迷惑，当然是道德的，但孔子对富贵并不敌视，即便是"不义"的富贵，孔子也没疾言厉色地"反对"，如果他敌视又反对的话，他会说："不义而富且贵，于我如粪土。"或者说："不义而富且贵，于我如寇仇。"孔子没这样说，只说："不义而富且贵，于我如浮云。"这里面当然有批评，但批评得很平和，举浮云为例，不但贴切而且优美，所以这几句话有美学的境界。朱注曰："疏食，麤饭也。"麤即粗，饭疏食，指吃粗糙的食物，现在的保健学者，都主张人应多吃粗食少吃精食，喝不加工的最纯净的水，所以这句"饭疏食饮水”，不但是道德的与美学的，又具有健康学上的含义了。

有人把疏食误解成蔬食了，食蔬即素食，素食没什么不好，但孔子不是素食主义者，《乡党篇》有一些关于孔子肉食的记录。吃肉吃素，纯粹看各人习惯，还得看环境是否能供应，中国流行的大乘佛教都主张断腥茹素，而同属佛教的西藏蒙古喇嘛教都是允许吃肉的，原因无他，高原或沙漠地区根本没有菜蔬供应，不吃肉就得饿死，可见饮食习惯是受环境影响限制的。

还有一般人把吃鱼吃肉叫作吃荤，也是弄错了。按《说文》：“荤，臭菜也。”“臭”读如“嗅”，古人把特殊的气味称为“臭”，这种特殊的气味也包括香气在内，所以《易经·系辞》有所谓“其臭如兰”的说法。荤菜依古时的用法是指像葱椒蒜韭之类有刺激性的蔬菜，中国佛教有些教派“戒荤腥”，指的是不食肉之外，连带有刺激性的菜蔬也一概在禁绝之列，有些教派则比较宽松，所禁食的“荤”不那么严格，但“腥”是一定得禁的。

下面杂记一些我幼年、少年时代有关饮食的回忆。

我童年时代不吃肉也不吃鱼，只吃素食，这完全是天生的，跟环境无关。我出生在抗战时代的湘西，当时物力维艰，母亲生我的时候年纪已大，没什么奶水了。正好我同母异父的大姐也生孩子，她年轻，奶水充足，自己的孩子喂食不完便也让我吃，弟妹吃姐姐或嫂嫂的奶长大，这在以前是常有的事，而现在就不太可能有了。我略大后，母亲就搭配一些婴儿食品给我吃，当时湘西乡下有一种食物叫作“米糕”，是把米细磨成粉压制而成，加热水调成糊状，用来喂食孩子很适宜。我再长大，母亲就又搭配大人吃的稀饭喂我，稀饭中常掺拌些菜汤肉汁等。说也奇怪，如果是肉汁，我吃了一定呕吐，如拌的是素菜汤汁，我则吃得津津有味，母亲曾经请教过别人，那人说这小子说不定是和尚转世的呢。

我的饮食习惯，直到今天还是以素食为主，虽然也已能吃些荤腥了，但如纯吃肉或鱼，就十分勉强。西方人有无肉不成餐的说法，对我而言是不能成立的。我也吃西餐，对西餐里的主餐往往兴趣缺缺，西餐中最吸引我的反而是烘焙可口的面包及清爽的生菜沙拉。多年前某一天，朱立民教授请我到来来饭店地下一楼的一家意大利牛排馆吃牛排，我觉得里面最好吃的是蔬菜汤与无限供应的热面包，害得朱老师半开玩笑半正式地说：我是请你来吃牛排的不是请你来吃面包的啊！

小孩断奶后第一次吃肉制品，一般人称之为“开荤”，据家人告诉我，我的开荤史是从吃虫开始的。我大约三岁的时候，牙齿已长得周全，大人有时会给我几粒蚕豆、花生之类的零食吃，其中一种炒花生味道有点怪，十分油酥，果仁也不是那么坚硬，焦脆中带有一点苦味，吃了阵子，那苦味在口中有点“回甘”，就不那么苦了。后来我才知道那是蚕蛹用茶油炒过，加上些许盐巴，样子跟油炸花生很像。春夏之交是蚕丝的收获季，蚕蛹的产量极多，成了湘西人最普遍的零食，想不到那竟是让我“破戒”的元凶。

吃过蚕蛹，我竟没吐，大人就逐渐喂我吃些“肉边菜”，正式的肉我仍然不吃，吃进嘴里还是会反胃，但浸泡过肉汁的菜蔬就渐渐没问题，偶尔有点肉末进口也无大碍了。但我直到小学毕业，几乎没有“正式”地吃过肉。据姐姐后来告诉我，童年时的我，在家人眼中，只是个没有受戒的出家人罢了。

后来我的童年在宜兰乡下度过，姐姐是军眷，又带着好几口没任何配给的“旁系亲属”，家居艰难，平日有米下锅已是幸事，菜色上当然没能力讲究了。我记得母亲会做有名的宁波水磨年糕，每逢过阴历年前，她总会向附近农家借磨来磨糯米，当然负责磨的是家里唯一的男生我了。我费力地一圈圈地磨着，她在旁边一勺勺地把泡发好了的糯米舀进磨眼里，米浆就汩汩地从磨槽流出。把米浆放入布袋中压干，一小部分拿来包汤圆，大部分再掺些其他的原料拿到蒸笼上蒸，就成了年糕了。宁波年糕本身不作兴调味，蒸好了一片雪白，充满了米香，多数用来与其他青菜肉类合炒，总少不了开阳（宁波人把干虾米称作开阳），炒好端上桌，像菜又像主食，吃起来有特殊的风味。姐夫一位军中的下属，一个人打光棍，是宁波人，过年总送酒送烟殷勤万分地只想赶来我家吃顿有年糕的晚饭，吃时又千恩万谢地说："吃了老太太的炒年糕，就像是真的反攻大陆啦！"母亲还会做些宁波菜，最有名的是葱烧鲫鱼与咸菜（宁波人称酸菜为咸菜）炒毛豆，都是一般人吃的家常菜。我想她会做的菜不只如此，但我的记忆只有这些，她没赶上台湾富裕的时代，当时物力维艰，毕竟"巧妇难为无米之炊"呀。

母亲曾带我到野外采野菜，野菜很少好吃的，又粗又老，久嚼不烂，跟吃草没什么两样。当时乡下人的生活也都很穷，很少有人吃得起肉的，除了祭神拜拜会杀猪，平日打牙祭时顶多杀只鸡而已。住在乡下的人，都会利用空地养些鸡鸭等家禽，场地大些的或许还可以养几只鹅，鸭跟鹅喜欢在水中活动，没有水就比较难养，所以一般家庭还是养鸡的比较多。奇怪的是养的鸡虽多，平时却很少看到有人吃鸡肉，原来乡下人养的鸡自己舍不得吃，都拿去卖了。但我想即使卖了，也会被买的人杀来吃啊，为什么平常总看不到吃鸡肉的呢？唯一的理由便是我所长所见的是个清贫的世界，另外的经常可以食肉的富足世界与我相去甚远。

终于有机会让我看到富足世界的景象了。我读中学的时候，学校厨房有座蒸学生饭盒的锅炉，一天，从上午十点钟起，那座锅炉就飘出油腻的肉类气味，与平常的气味很不相同，那气味不断飘进教室，有的人说好香啊，而我闻起来却觉得很不好受。中午值日生把饭盒抬来，大部分学生的饭盒里面都放着大块的鸡肉，而且这鸡肉的做法也一模一样，都是加了大量葱蒜甚至辣椒再撒上大把盐巴用猛火“爆”出来的，不要说吃，光是看看，也“够呛”得很。一位同学看我饭盒里尽是素菜，问我要不要吃，我摇摇头，问他为什么大家现在都在吃鸡肉。他说最近鸡瘟流行，鸡瘟了如果没死，杀了还放得出血来，肉还是白的，吃起来跟好鸡没什么两样。但鸡一得鸡瘟便很快死了，常常连杀都来不及，等死了再杀，放不出血来肉就是黑的，切开来还带有臭味，要吃就必须加生的姜葱蒜还有辣椒等来压臭，有时为了掩饰黑肉，还得加大量的酱汁做成卤味的样子。不过他说那样重口味的鸡偶尔吃吃并不难吃。我问鸡病死了，肉不是有毒吗？他说没有关系的，就是有毒，生姜与辣椒也都能杀毒呀。原来我看到社会的富足面，只是鸡瘟带来的假象。

鸭与鹅得养在有水的地方，所以不如鸡普遍，但如不养多，在水田或水沟处也是可以养的。当时宜兰产的鸭很有名气，不过种类只有两种，一种是土鸭，一种是番鸭，全身净白又胖墩墩的北京鸭，以前不太见得到。土鸭的毛是浅褐色的，有的还杂着白花，脸孔则是慈眉善目型的，温驯又好看；番鸭的毛是黑的，偶尔也杂有白毛，母鸭还算平和，公鸭的头上长满红色的肉瘤，看到陌生人会主动攻击，凶恶得很。番鸭性格倔强，生命力又十分旺盛，杀时要十分小心，一大意就可能被它抓伤或啄伤。有次我的同学告诉我，说他们家杀公番鸭，已经放了大半碗的血了，一不小心，那只番鸭还挣脱人手，往前又飞又跳地约莫跑了半里路才断气，可能就是因为这不驯服的性格，它们才被称作番鸭吧。

日据时代宜兰出产的风干鸭肉就很有名，因为得过日本食品展的奖赏，所以取名“鸭赏”，但其实并不好吃，干巴巴的不说，又咸又老，再好的牙齿似乎也咬它不动。鸭赏是用土鸭熏制风干而成的，不是用番鸭，番鸭的价格比较高，据说是特殊的补品。台湾冬令进补吃的姜母鸭讲究的话就得用番鸭做成，姜母是指老姜，做姜母鸭不放盐，里面加上特殊的中药，用整瓶的米酒炖煮而成，鸭肉极老，很有嚼劲，牙口不好的人也是对它兴趣缺缺的。

我们住的小镇并不滨海，但南面不远有一个渔港叫作南方澳，海产丰富又便宜，所以居民习惯吃鱼。市面有一种廉价的海鱼，正式的名字叫鲣，懂渔捞的都用日语叫它，怎么叫的我已忘了。鲣是一种中型的鱼类，腹部是银色的，背部则有青花，身体呈纺锤状流线形，像飞机丢的炸弹，很多人就干脆叫它炸弹鱼。这种鱼肉质粗糙，内脏往往还有毒性，如不新鲜或处理不当，吃了是会中毒的，不过它的毒性不强，中毒也不会死人，顶多全身出疹子发痒而已。因为便宜，很多人吃它。

有一阵子，学生盒饭里常见这个菜色。但饭盒有炸弹鱼最好不要蒸，这种鱼蒸热了会发出一种奇特的臭味，冷着吃就不会，所以当蒸饭箱子轻了、负责扛箱到厨房的值日生笑逐颜开的时候，就代表是炸弹鱼盛产的季节到了。我们家很少吃这种鱼，有次母亲买来吃，结果姐姐晚上呕吐，不见得是吃鱼的缘故，也许是不谙烹调方法，每个人都觉得不好吃。我们家以后就不怎么吃它了，我则因为怕那种腥味，就是有它在桌上也始终没有动过筷子。

从少年时代起，我已不完全排斥食肉食鱼了，但真喜欢吃的还是饱含纤维质的蔬菜，及豆类与豆类制品。蔬菜有各种维生素，豆类则有丰富的淀粉及植物性蛋白质，营养所需其实都能供应无缺，靠素食维生是没有问题的。在素食中，我也有些挑剔，我喜欢绿色的蔬菜，绿是翠绿或是嫩绿，我对不是绿色或绿得“不正”的蔬菜不感兴趣，有时候还会嫌恶，譬如有一种绿中带红的苋菜，炒了后菜汁是红色的，很多人喜欢拿来拌饭吃，我就很不喜欢。有些菜绿得过深，菜汁浓浊不堪的，我也同样不喜欢。豆类也喜欢绿色或白色的，要看起来十分素雅干净的才好。豆类制品以“原味”为佳，那种表面漆黑加了很多酱汁与调味料的豆腐干，还有泡足了油汤弄得滑腻不堪的面筋，我就尽量不去吃它。有时到庙里或素菜餐厅吃饭，那里喜欢在豆腐制品或面制品里加上大量的味精与复杂的调味料，又喜欢把那种东西做成鸡鸭肉类的模样，反而令我大倒胃口。

我对淀粉质的食物特别感到兴趣，谷类如稻米小麦，本身就有隽永的香味，任何一种菜久吃即腻，唯独米面百吃不厌，称它为“主食”是有道理的。植物淀粉蒸熟或烤熟了，会发出诱人的气味，蒸粽子、米糕时米香远扬，常令人流连，北方人做饼，把面皮用手压薄了，放在火上烤，发出焦煳的气味，更引人垂涎。小时在宜兰乡下，母亲到联勤被服厂领了成包的军装回家，钉扣子、缝帽花，赚些手工钱贴补家用，我得帮忙运货，母亲给我的奖赏是买个刚出炉的烧饼吃。被服厂里有个南京人开的烧饼铺，他们的挂炉烧饼做得真好，每个饼都是手工制成，揉好的面卷加上油盐葱花，擀平了后再撒上一层白芝麻，有的切成瓦片状，有的切成菱形。上炉的时候，制饼师父在饼的背部沾一点清水，用手一个个把烧饼贴在炭炉的土制炉壁上，炭火旺时大约十分钟不到就可出炉，出炉时烧饼极烫，必须用长柄火钳钳出，钳出的烧饼放在垫着一层白粗布的竹篮里，人人抢着要，不到五分钟就销售一空。吃那又热又香的烧饼时，兴奋的心情会令人把所有的劳苦都忘记了。

大地育养人类，供应粮食数千万种，个人所享，只不过其中一小部分罢了，所谓“弱水三千，独饮一瓢”，或可近之。我记忆中的美食，只不过是烧饼、年糕之类的便宜货，没有一样是值钱的，李白诗中所说的“金樽清酒斗十千，玉盘珍羞直万钱”那种盛大的宴席场面，我从来未曾经历过，这跟我出身寒微有关。但大富人家，面对金樽玉盘也有胃口缺缺的时候，否则李白就不会说“停杯投箸不能食，拔剑四顾心茫然”了，证明食物的价值不是由价格来决定，能得胃肠所容的才算是好食物。但我一直勉励自己，我虽不嗜肉，对“过屠门而大啖”的人物，也不要心存鄙夷。《左传》说“肉食者鄙”，明显带有偏见，《菜根谭》上说：“浓肥辛甘非真味，真味只是淡。”又说：“藜口苋肠者，多冰清玉洁；衮衣玉食者，甘婢膝奴颜。盖志以淡泊明，而节从肥甘丧也。”这些话拿来励志固然好，拿来批评肉食者却不尽公平。在我的友朋中，嗜甘肥者也有品高志洁的，肉食素食，只是各从人之所好罢了。

花样的年华

有一首老歌不知歌名是什么，我小时候常听姐姐唱，好像是早期电影《木兰从军》里面的插曲，由一个名叫陈云裳的女星唱的。开始一段歌词是这样的："月亮在哪里？月亮在哪厢？它照着我的脸，也照着我的床，照着我白发的娘……"这首歌词意浅显，节拍悠缓，同样的调子不断重复，很像民间歌谣。我记得姐姐在刚生她大儿子的时候，常常在摇篮边唱着这首歌，那时姐姐还年轻，才二十多岁的样子，唱这歌的时候，脸上浮着初为人母独有的浅笑。但后来我总觉得这首歌有些不对劲儿的地方，我总觉得歌词不是那么地"准确"。既然问月亮在哪里，就表示现在没有月亮，没有月亮，怎么说月亮照着我的脸与我的床呢？姐姐好像告诉过我，说这歌是花木兰在军中思念家乡的父母时唱的。这又有问题啦，月亮同时照着“我的”脸与床，也照着“白发的娘”，证明木兰应该与爹娘是在一起的，如果不在一起，说月亮照着自己也照着父母就是想象。白香山诗中有句“共看明月应垂泪，一夜乡心五处同”，在句前加上“共看”就对了，诗中常有这样的描写，苏东坡的“千里共婵娟”也是同样的意思。不过以上的思考，是在我教书之后，国文老师做久了，就整天注意文句通与不通的问题，真令人绝望啊！

我小时候还听过不少周璇唱的歌，当然也都是从姐姐那儿听来。周璇曾经是个有名的电影明星，主演过很多片子，都是哭哭啼啼的悲剧，好像很少是喜剧的，所以用戏剧术语说，她应该是个“苦旦”。中国人在周璇的年代，忧患一生的人特别多，大概需要借着看别人受难来纾解自己的痛苦吧，所以初期的电影悲剧独多。周璇又是有名的流行歌曲的演唱者，当时还没“歌星”这类的名称，她有个绰号叫作“金嗓子”，可见她嗓音之好及受欢迎的程度了。然而当时的录音用今天的标准言，真是太原始了，单声道不说，还录得不稳，也就是所录的声音忽大忽小，音的线条时粗时细的，再好的嗓音也被扭曲而糟蹋殆尽。但没有更好的录音比较，大家还是得服服帖帖地听下去。

周璇有个有名的电影，片名叫作《渔家女》，是部黑白片，我记得小时候还看过，但到底是在哪儿看的，却不记得了。《渔家女》是个描写都会知识青年与渔乡女孩的恋爱故事，整个情节有点像法国诗人拉马丁（Alphonse de Lamartine，1790—1869）的小说《葛莱齐拉》（*Gragiella*）。那种高下（包括社会地位与知识程度）悬殊的爱情在早期总是个悲剧，受伤的自然是弱势的女方，故事的结尾，女主角好像疯了。《渔家女》的插曲自然由也是“歌唱家”的周璇唱，我很难忘记电影中的场景是女孩疯了，然而她却说是世界疯了，女孩发狂地在原野一边跑着，一边用呐喊的声音唱：“我不要这疯狂世界，我不要这疯狂世界！”歌声凄厉得令人不只是伤痛，而有内心滴血的感觉。从现实世界的角度看，是渔家女疯了，而从渔家女的角度看，现实世界辜负了纯洁的她，疯的当然是世界。这个情节，也许激发社会学家对“不公平”的社会试图改革的想法，对我而言，却是一阵深深的忧愀从心中兴起，少年的我与众人一样，对这复杂又充满不公正的现实世界，也如渔家女般无能为力。倒是后来读了拉马丁在《葛莱齐拉》书后的题诗，能稍稍“抚平”我的忧伤。那首长诗中有几句，陆蠡把它译成：

但我缘何念念于既往的情景？
任风在号，任海在吟，
去吧，去吧，悲之念，

我宁幻想，不愿涕泣泫零。

这诗不但欠缺刚健之气，而且有点逃避现实，但诗人因自己无能为力的过错而悲哀，则是事实。人在陷入忧伤的时候，恐怕只有靠体会世上有更大的忧伤才能发生止痛的作用，痛并没消失，只是转移，让自己的痛在更大的痛前面显得微不足道而已。

周璇的歌，还有几首具有“艺术”风格。不是所有流行音乐都只是流行而已，拉赫玛尼诺夫（Sergei Rachmaninov，1873—1943）曾在好莱坞作配乐的作曲家，肖斯塔科维奇（Dmitri Shostakovich，1906—1975）在前苏联筑起“铁幕”之后，为“革命电影”作配乐插曲，数量之多，令人咋舌。这些并不妨碍他们是二十世纪有分量的作曲家。这点在中国也不例外，黄自的《天伦歌》，从来就算是“艺术歌曲”，每本高中音乐课本里面都有它，但当年也是为电影所作的插曲。周璇的歌《黄叶舞秋风》《花样的年华》都有相当的艺术风格。

我记得姐姐特别喜欢唱《花样的年华》这首歌，后来我知道这首歌是由写过《中国小说史》的学者范烟桥作词，由当时有名的作曲家陈歌辛作曲，是一九四六年出品的电影《长相思》中的插曲，背景为描写抗战中“孤岛”上海发生的故事。歌的起首是：“花样的年华，月样的精神，冰雪样的聪明……”用这几句话歌颂人生像花一样的青春，写得很好，尤其后句，真有《庄子》“澡雪精神”的气势。姐姐老是喜欢唱这几句，她唱的时候，好像生命的美景正要一幕幕地在她眼前展开的样子，尽管她遭逢的正是中国历史上最为“天崩地解”的时代。然而这首歌的运气很不好，一九四九年之后大陆当然不允许唱这属于旧社会的“靡靡之音”，而它在台湾也遭到禁唱的命运，原因是歌词中的一段：

> 蓦地里，这孤岛，笼罩着惨雾愁云，惨雾愁云。
> 啊，可爱的祖国，
> 几时我能够投进你的怀抱，
> 能见那雾消云散，
> 重见你放出光明！

又是“孤岛”又是“祖国”的，难怪没法躲过禁唱的命运，这是当时作词的人与唱歌的人所无法预料的。但屋外也许一片肃杀之气，屋内仍然可以春风不断，姐姐还是爱唱这首歌，有时孩子在哭，她逗他们，用轻快又讥讽的语气唱着“蓦地里，这孤岛，笼罩着惨雾愁云，惨雾愁云”，总要把“惨雾愁云”中的孩子逗得破涕为笑不可。

姐姐从少年到青年的阶段，应是人生最精华的时刻，不幸都是在动乱中度过。她最高的“学历”是高师（高等师范科，相当于高中），但没读完就遇上时代的大变革，她只得放弃学业，草草与姐夫结婚，慌乱中带着寡母与我们一大群弟妹来台湾，当时姐夫还是个低阶军官。我们一家随着姐姐依附的军眷体系，住在简陋的“眷区”里，但我们比一般有户口的军眷更为卑微，原因是我们一家除了姐姐外都属于“旁系亲属”，是没有任何配给的。我们寄居在军眷家庭，等于是个“黑户”，一切生机须要自谋，包括居住空间与食物。但当人置身在最困窘最低暗的角落，才知道人生存的力量是极为坚韧的，天地虽然蹇迫，但仔细找，也有容人之处，我们终于一个也不少地生存了下来。其中也有个理由，是姐姐一向开朗乐观，我记得小时候，姐姐成天都是笑嘻嘻的，光彩总是写在脸上，她后来找到一个在联勤被服厂教唱军歌的工作，成天在家练军歌，不唱军歌的时候，也唱些明星如周璇、白光、李香兰等唱的歌，所以我小时寄居的姐姐家，也许家徒四壁，身无长物，但歌声却是从未中断的。

姐姐教唱的军歌，用今天的标准而言，是再八股也不过的，都是要人“统一意志”来效忠“国家”与“领袖”，情绪是唤起“国恨”家仇，随时准备牺牲，以完成领袖的“复国”意识。早期有一首名叫《保卫大台湾》的歌，味道与一般军歌不一样，这首歌描述“政府”带着军队与众人退到这座海岛，已到了退无可退的地步，只有誓死保卫台湾，以图进取。歌词有段："保卫大台湾，保卫大台湾，保卫民族复兴的圣地，保卫民主至上的乐园。"最后两句，尤为悲壮，是这样的："我们已经无处后退，只有勇敢向前！我们已经无处后退，只有勇敢向前！"这首歌现在回想起来，还是有相当的韵味与气势的，歌词比较深沉，对自己的处境遭遇有所检讨反省，不是一味地鼓动仇恨敌人的情绪。然而这首歌大约只唱了一年多，就不准唱了，我们在宜兰乡下，反应比较迟缓，直到我四五年级的时候，小学还有在教唱的，但首句"保卫大台湾"，小孩都用闽南语的谐音唱"包仔两角半"或是"豆花两角半"，其间还打打闹闹，调笑不已。后来终于知道这首歌禁唱的原因，是隔海的"人民电台"也在播送这首歌，只是歌词改成"包围打台湾"了，谁叫中文里面同音字太多了呢。

姐姐到被服厂教唱军歌的时候，已经不准唱这首歌了。姐姐教工人唱歌之前，往往先教我们唱，她告诉我们军歌都是四分之四的节拍，唱时第一拍要用力，第四拍如果是一句的结束，要收音短截，千万不能拖长，这是唱军歌的要领。那时整个社会都在搞个人崇拜，而崇拜的对象又集中在"蒋总统"身上，很多大气魄的军歌，其实都是在歌颂他的英明伟大，蒋氏的生日都搞得普天同庆的样子。有一首名叫《领袖万岁》的歌，不论旋律与节奏，都是军歌的上选，歌词比其他军歌显得长许多，好像是"祝寿"

的歌曲，其中开始的部分是：

> 领袖，领袖，伟大的领袖，
> 你是大革命的导师，
> 你是大时代的舵手。
> 让我们服从您的领导，
> 让我们团结在您的四周。

后面还紧接着："为了生存为了自由，大家一起来战斗，中华民族发出了反抗的怒吼，铁幕里的同胞再也不能忍受……"真是又盛大又漫长。不幸这首歌"颁布"得晚，厂方又要求在诞辰日前教到所有工人会唱，好在典礼上使用，这等于是个不可能的任务。但姐姐做到了，辛苦了她，也辛苦了我们在家陪她练唱，当然全厂上下把这首困难的歌曲在期限内学会，可见意志的力量。现在想来，耗那么大的力量去表现对一个人的崇拜，到底有什么意义呢？那些行径与宗教上崇拜神明有何不同呢？只不过当时的所有人都认为是合理的。

姐姐后来被聘为工厂的正式雇员，担任文书杂务，教唱军歌就不由她了。她后来连续生了五个孩子，她在"拉拔"孩子的时候，台湾社会逐渐"质变"，以前生活中的悠缓与紧张，在新的时代都变得毫无意义了。她的孩子都逐年成长，过了几十年，她也从青春步入衰颓的老年，几乎忘了她曾有过灿如黄金的歌唱岁月。偶尔我们会提醒她一首她曾唱过的歌，她也跟着唱，但一首歌常被弄得支离破碎，像一片一片拼凑不全的拼图模样，她记忆原来不很好，而越老又越退化。

姐姐已于去年（二〇〇七）五月过世，她过世的时候我正在北京，特地为她赶回来。我记得过年前去看她，她呆坐在屋子一隅，看到我只会浅浅一笑，她已经失智多时了。她的几个子女都孝顺，最小的儿子为了唤回她的记忆，特别买了一套周璇的唱片，不时在一个小音响中播放。我去的时候，正好放着那首《花样的年华》，我们带着她唱："花样的年华，月样的精神，冰雪样的聪明……"这首她年轻时最熟悉的歌，她的几个孩子都是在这首歌中长大的。然而不论我们多大声地唱，她都没有反应，当时的她端坐在藤椅上，眼看着前方，好像世上发生的一切她都懂，但都与她无关，挂在她脸上的是像菩萨一样的永恒的笑容。

母 亲

在上海度过的一段岁月，大概是母亲平生最好的时光。说起来也可怜，她在很小的年纪就跟人从宁波到上海，在一家烟厂做卷烟卷的女工，当时的香烟还是由手工卷制的。两次婚姻让她生了十个子女，其中五个死了，只保住五个，子女死了就死了，没什么好说的，那是一个离乱处处人命不值钱的年代。

我与三姐及妹妹是她第二次婚姻所生，我的上头还有个同父同母的哥哥，来不及成长，是在小时候病死的。我父亲与我母亲结婚时年纪已不小了，我妹妹刚出生半年，父亲就过世了，当时我还不满四岁呢。我刚出生的时候，听说父亲第一次婚姻所生的儿子已在重庆结婚。我一生跟这位大哥从未见过面，虽然我与他共享我们姓名的前面两个字，倒是少年时在姐姐家看过一张他与嫂嫂的结婚照片，黑白的，嫂嫂戴着圆框眼镜，而哥哥的容貌长得与我确有几分神似，当然这都是别人看到照片后说的。

我小时很少听我母亲描述父亲，可能她对父亲也不是那么地了解，父亲好像是知识分子，曾在上海的商务印书馆工作过，其他的她也说不清楚。传统的夫妻，虽然能生儿育女，但关系并不密切。我唯一一次听母亲描述父亲是在我很小的时候，母亲说父亲信的不是菩萨，而是“野兽”，我问“野兽”有什么好信的，母亲也答不上来，只说父亲信的“野兽”是好的不是坏的，也跟观音菩萨一样地会寻声救苦。等我长得很大了，连母亲也死了很久之后我才憬悟，母亲宁波话里的“野兽”其实是耶稣，原来父亲信的是耶稣教。一般人是把这些拜十字架的教都叫作耶稣教的，其实里面还有天主教与基督教之分，父亲信的是旧教或是新教，母亲当然更不清楚了。母亲死的时候，正是我初二升初三的那年暑假，姐姐翻开她的遗物，只有一把小剪刀、两个她用惯的顶针、几张鞋样、两三片“袁大头”，还有一幅她青年时代游普陀山在山寺中买的画有观音法像的白布。那块布，姐姐领着我们当晚就“化”了给她，好让观音菩萨陪伴她一路到极乐世界。

说起母亲的宗教，她表面信的是佛教，但在她的生活中，真正宗教的成分并不重，她跟那时代一般的中国人一样，从小时候起心里面就给安了个菩萨，这个菩萨随时引领自己去为善去恶。

她之为善去恶，说是来自对菩萨的尊敬不如说是来自对地狱及恶鬼的恐惧。菩萨是至善的，距离我们太远，要管的大事太多了，就不太能管到我们的小事；但城隍庙的小鬼就在身边，跟学校的纠察队员一样，难缠得很，做了坏事以后被拖去上刀山、下油锅，确实可怕。民间有关天堂的描述很少，但对地狱的描写则巨细靡遗。母亲不准我们子女说谎骗人，也不准我们跟大人顶嘴，说那会进拔舌地狱的。正好我们家里有本画着各层地狱狰狞景象的书，也不知道是哪里弄来的，一天我翻开画了拔舌地狱的那页对她说，地狱里受拔舌之苦的都是女人，好像还轮不到我们“男人”呢，母亲听了很不高兴，她山不转路转地解释说，像我这样造“口业”，下辈子投胎准会被罚作女人，到时就会让恶鬼来拔舌了。

母亲很少说话，她宁波腔的上海话也不好懂。她有时候会说起当年在上海的时光，好像心中充满了喜悦，而其实她只是一个小小的卷烟卷工人罢了，小人物也有快乐的时候。她说在香烟厂的好处是抽烟不要用钱买，伸手拿就是，要抽多少就抽多少，她的光辉岁月也为她带来磨灭不了的痕迹，她右手的食指与中指都被烟熏成蜡黄的颜色了，到晚年都没退去。来台后由于穷，再加上烟瘾大，只抽得起劣质的香蕉牌香烟，香蕉烟是光复初期最便宜的香烟，卷在里面的，烟梗子比烟叶要多。那时候还有一种乐园牌的香烟，比香蕉烟贵，但据说也呛人得很，后来新出了一种名叫新乐园的牌子，好像烟质改善了不少，因为叫新乐园，原来的乐园牌就被叫成老乐园了。老乐园与新乐园她都抽过，我曾问她比上海的烟滋味如何，她连连摇头不说一句话，意思是不能比的。她生命的最后几年有腹水，肚子肿得厉害，而且发现患了肝癌，被迫禁绝了吸烟的习惯。

除了偶尔说起烟厂的那一段，母亲很少跟我们谈起过去，包括亲戚、朋友与过去生活的梗概，更不用说是细节了。我后来读书，知道她在上海的时代，是在抗战之前，那正是上海最繁华、最纸醉金迷的年代。上海是中国文明的橱窗，也是个“影都”，许多大明星如阮玲玉、胡蝶等，一颦一笑都引领整个中国的时潮风尚。其他欢场处处，更是不胜枚举。读文学作品，更知道上海是“鸳鸯蝴蝶派”的根据地，连张爱玲早期最好的作品描写的也是上海。但这些气氛与素材与母亲一无关联，我后来试着问她一两件“耳闻”来的消息，我那时还小，问的当然多是莫名其妙的事，但都与战前的上海有关，她一点都不知道之外，还怪我为何问这类的问题。

更奇怪的是她也从不跟我们谈有关亲人的事，不论是在宁波老家的或后来散居他处的人，我总有外公外婆吧，但好像从来没听她描述过，她是少年时就到了上海的，她独居异乡想不想念故乡的父母呢？一定会想的，但她从来不说，我有没有阿姨与舅舅呢？也没听她提起过。我身份证上填的母亲姓名是“胡仁青”，其实不是她真正的姓名，她死了很久之后二姐告诉我，说胡是母亲第一任丈夫的姓，大姐、二姐是我同母异父的姐姐，她们本姓胡，后来母亲与我父亲结婚，她们也改姓周了。我问母亲既不姓胡那姓什么呢？姐姐说是姓“沃”，那是个罕见的姓，至于沃姓后面的名字，姐姐也答不上来，我想那还是个女人没有名字的时代吧。

母亲连她自己的姓名也不关心，她究竟在乎什么，我真想不出来。一次母亲问我，说甲字出头是不是要念作申？我说是，我奇怪她怎么会问这样的问题，她说晚上做梦，一个和尚告诉她的。停了一会儿，她悠悠地说：“要是能识字多好！”这是我平生唯一听到的她的独白，我那时没细问，也许其中尚有蹊跷。又一次，她跟我说，希望我好好读书，长大后也许可以到银行上班，她说以前她在上海，看到银行上班的男人身上穿着白西装，上午别的行号早已开工了，他们还没开门，下午人家还在上班呢，他们就关起门来在里面歇着了，舒服又赚钱多，真是好职业。又说我们家穷，我如果考师范也好，师范学校读书不要钱，将来做得好也许能当个校长，下面管许多老师也是好的。

我后来检视我的一生，发现真愧对了母亲。第一是我没能穿着白西装到银行上班，从事她认为舒服又赚钱的行业，其次我虽做了一辈子的老师，最后是以教授的身份退休，但不要说没做过校长，连院长、主任也没当上一个，无以副老母殷殷之望，真是不孝之至。但母亲对某些世事的看法与事实是有段遥远的距离的，譬如银行下午关门并不是让行员“歇着”，里面还有许多烦琐的清账结算业务要忙，万一短少了钱，还得由自己来贴，每个人都战战兢兢紧张得很。还有教师真教得好，不见得会做校长，做校长跟做官一样，是要耍许多心机与手段的，而且即使做了校长之后，老师也不见得甘心被你“管”，就算所有老师都受你管了，做校长的也没有什么神气可言。

但令我记忆最深的是那次她自言自语地说“要是能识字多好”，那是在说出她认得的一个字之后突发的感慨。她平生只认得申这个字，而且是梦中的和尚告诉她的。其实照她的话，她认得的并不只一个字，因为她说申是甲字出头，她至少该也认得甲字才对。还有她也认得数字，否则无法打麻将，因为麻将牌上是有数字的。她会打麻将，而且据说是颇精于此道，也会算账，她不用一般的加减乘除，但一切心里有数。她没有账册，晚年跟人来“会”，她欠人的、人“该”她的，都记得很清楚，还晓得“以会养会”，从来不曾犯错，这一点，我就不如母亲许多了。

我也曾从知识的层面来比较母亲与我的生活，我后来从事的，是关于知识的行业。韩文公说：“师者，所以传道、授业、解惑者也。”授业专指知识传授，而所传的道与所解的惑，也大抵与知识有关。现代的教师除了教书之外，还要做研究，那是学术的领域，就不只是与知识有关，而直接等于是知识了。我一生都在知识的范畴里打转，有时候知识让我自信满满，以为自己因为拥有知识而能力无限，但有时候知识又使我沮丧，因为像大海一样，知识越探索就越是深不可测，才知道以蠡测海的困局。我知道我的知识其实有限，母亲的知识当然更有限，但相比起来，其实差别不大，我们只不过在有限世界的有限时间中活着罢了。

我所能记得有关母亲的事，大致就只这些了。母亲确实是个平凡又不起眼的女人，她似乎只活在当下，除了上海烟厂的那一段，她好像没有任何过去，她的左右也没有什么人。当然我用这样的文辞来判断母亲也不尽公平，我与她相处的时间不长，正在我的生命从少年向青年展开的时候她就死了，我其实没有足够的知识来做任何鉴别的工作。生命的意义不见得是自己创造的，大部分生物或人的意义应该并入整个世界、整个时代来计算。

母亲死的时候，用中国人的算法也只五十四岁而已，但她在还不到五十岁的时候，周围眷村的人已喊她老太太了，可见衰老得厉害。她的历史也许很复杂，但因为没刻意留下证据，就显得像直线一样地简单。她一生结了两次婚，可能都不是自主的，第一次也许是父母订下来的，生了几个孩子丈夫死了，一个人带着几个孩子在上海不好生活，就在别人的劝说与安排下与另一个中年失偶的男人又结婚了。婚前婚后都没有激烈的感情，那不是亘古以来的一般婚姻吗？人不可能没有感情的，但不断压挤，或闲置不用，再澎湃的感情也会变成一条废弃的神经，最后失去了作用，也跟没有没什么两样了。与母亲再婚的中年失偶的男人就是我的父亲，他在我记忆中更是空白一片，假如死去的人也有记忆的话，他对我与妹妹也不会有什么印象的，他的一生面对中国最大的变局，如果他在意，周围的事就让他目不暇给，还怎会记得在晚年生下的几个孩子呢？假如他不在意，整天浑噩度日，那就更不用说了。

母亲死后火葬，骨灰埋在宜兰乡下的坟场里，那个坟场虽是公立，但管理不善，各家照自己的风水做坟，弄得整体像乱葬岗一样。八年前的有一天，三姐说她晚上做梦，梦见母亲说她住的房子淹水，我们去查看，发现周围不断新建的坟墓已把母亲的埋骨之所弄成洼地了。我建议把骨灰带到台北，这可以让我们祭扫方便，但三姐说母亲似乎告诉她不愿迁徙太远，我们就下决心再在附近找块地做一新坟。我们把旧坟里的木盒“请”出，还好木盒并不潮湿，里面包裹骨灰的红布也完整。我们打开红布，把骨灰轻轻倒入新置的陶瓮中，最后一把，做坟请来的风水师要我这当儿子的用双手捧入。当时母亲已死了四十余年，她灰白的骨粉在阳光下闪着沙子般的光辉，我记得四十多年前，母亲的骨灰装入盒中最后一捧也是由我捧的，那时我只不过是个十三四岁的孩子。母亲轻轻的骨灰从我指隙间慢慢流进新瓮中，我回忆这四十多年的光阴，就像在不到一分钟的时间里完全地流走了，这也几乎是我的一生呢。

火车梦

我有一位朋友，她说她的儿子在很小的时候就梦想有一天能驾驶垃圾车，她完全想不通孩子为什么有这样的志向。她还说，孩子在上幼儿园的时候已经“坚信”垃圾场是所有人的“归宿”。我问有这么灰暗吗，她说不是那么哲学的啦，她的儿子相信人的一生总要在垃圾场做一段工作，如果不是起初，就是结束，譬如他母亲现在在学校教书，以后不教了，就会到垃圾场工作了。为什么有这种思想，做母亲的是百般也想不透的。

孩子的事，有时完全在大人想象能力之外。我记得我大女儿小时候，一直梦想自己能成为车掌小姐。当时的公共汽车上还有车掌这个行业，负责剪票及开关车门的工作，除此之外，每当公交车右转，车掌总把头探出车外，用哨音指挥司机慢转，公交车左转就不用她管。车掌是个辛苦而单调的工作，想不到却是我女儿憧憬的目标，每次带她乘公交车，她都要求坐在车掌附近的座位，小眼盯着车掌看，车掌的一举一动，都让她醉心不已。一次她生日，她问我能不能帮她买把车掌专用的剪车票剪子当礼物，害得我与她母亲都啼笑皆非。

这些出乎意料的想法，不全是无理可循，里面其实是藏着一些线索的，仔细寻找，不见得找不出答案。我女儿小时的车掌梦，可能源自我们早期生活的单调与一成不变，她也许早就习惯于那种速度是平缓而形式是一再重复的生活，做车掌可以看见世上形形色色的人物，还有车窗外不断转移的风景，每次出去，就像在大千世界打了个滚，最后公交车又会带她回到总站，好像回家一样，女性总是无法抛弃回家的意图，自幼到老，都是如此。男性则都是面朝外面的，不论孩童还是大人，都曾做过类似的叛逆的梦，梦中喜欢把自己弄得肮脏邋遢，让女性嫌恶、家居不容，其实是在做逃离家庭的准备，这是马克·吐温（Mark Twain，1835—1910）在他的名著《哈克贝利·费恩历险记》（*Adventures of Huckleberry Finn*）中说的。我朋友的儿子自小喜欢开垃圾车，可能源自他日后想离开家庭闯荡世界的野性吧。但是朋友听我分析后还是不明就里，问我她为什么最后也得到垃圾场去工作，我只好说，这一点我也想不出来了。

我想起在我少年的时代，也曾做过类似的梦，不过我不是幻想开垃圾车，那时宜兰乡下，垃圾车不是兽力的就是人力的，通常是用来清运阴沟或河川里的淤泥，又脏又臭，就是最反叛的少年，也不会想去拉它。生活中当然会生产垃圾，但数量不大，一般垃圾都是有机物，搁久了就“化”了，杀了鸡鸭拔下的羽毛，有人专门来收购，厨余叫作“馣水”，直接拿来喂猪，瓶子与空罐，更是宝物，都可以拿来卖钱，所以街头虽设有垃圾箱，但空的时候居多。我们小时没见过现代的垃圾车，但有一种车比现代垃圾车更大、更威风，发动起来，风驰电掣、地动山摇的，那便是火车，很少男孩会不受它的吸引。

我小时醉心火车，曾幻想自己有一天成为火车的驾驶员。一列长长的火车，令人夺目的其实只在火车头上，铁路部门的术语叫它“机关车”，后面挂的各式车厢，只能算是“配件”。令我醉心的不是现代化的柴油或电动的“机关车”，而是黝黑、肌腱贲然的蒸汽火车头。蒸汽火车的燃料是煤，车头的极大部分其实是锅炉，锅炉包括两个部分，“炉”中燃烧大量的黑煤，把“锅”中的水烧成蒸汽，蒸汽就是火车的动力。但煤燃烧起来有燃烧完全的与不全的，燃烧完全的已转化成火车的动力，燃烧不全的，就变成熊熊的浓烟，经烟囱排出车外，形成盛大的气势。火车之所以迷人，绝对与它能毫不顾忌地排出大量的浓烟有关，等到后来的柴油、电气机关车出现，虽然马力多出原来蒸汽车头好几倍，但因不会排烟，在“风姿”上，就不如前者许多了。

蒸汽车头除了排放黑烟外，也会排放白烟，所谓白烟其实就是水蒸气。锅炉的水烧沸腾后就成了蒸汽，用来驱动火车头两边的大型活塞，形成几万匹马力，能把几十个车厢拉在后面翻山越岭而行。锅炉里的蒸汽有时太多了，司机打开活塞边的排气口让它排出，就成了白烟。蒸汽火车的汽笛，也是由蒸汽驱动的，火车鸣叫时，也会在顶端的汽笛口喷出大量的白汽。蒸汽火车的汽笛声，真好听极了，远处的汽笛悠扬如梦境，近处的有如兽吼，一列火车从远处排山倒海地飞驰过来，加上它一边走一边鸣笛，好像在向全世界宣告，所有的阻挡与障碍在它摧枯拉朽的力量前面都是无效的。面对那种强势的喷烟与震动，所有男孩的肾上腺都会急速地分泌，而他的血也变成随时会点燃的燃液。

在我童年与少年的时代，母亲常带我到野地采集野菜，我对火车产生莫名的向往，可能与之有关。说起野地，并不是那么普遍，大部分田地被人开垦了，就不算是野地了，只有河堤与铁路边缘，是不准开垦的，那里就成了我们采集菜蔬的地方。从我家走路大约二十分钟，就可以走到铁路边，那里是通往冬山、苏澳的火车必经之地，我们在铁路两边“沿线”作业。铁路两旁长满野草，野菜并不好采，因为数量不多，再加上找到的野菜，整株也只有嫩芽的部分可以食用，一个下午，两人只大约可采一篮罢了。采的野菜以马齿苋与蕨菜为最多，这些野菜，如果好好料理，加上适宜的作料，也可能有风味的，但我们当时采食，完全是因为贫穷的缘故，我对那些“野味”，除了厌憎之外，在味觉上不复有太多的记忆了。好在铁路不时有火车经过，火车在老远的地方，只要是朝我们驶来，根本还看不见呢，铁路就会微微地震动，虽然一点声音都没有，但绝对能感觉得到。火车近了，轰隆隆地在我前面疾驶而过，它的浓烟与汽笛，还有那钢铁相互击打的喧哗、铿锵有力的节奏，把一旁木然的我带到一个玄虚又豪壮的世界。当时我心飞到的地方，在我一旁的母亲，是全然料想不到的。

除了摘野菜，我们还到火车站捡拾煤炭。火车燃烧烟煤，一些燃烧不完全的煤块有时会从锅炉旁的空隙掉落，掉落的煤块跟熔铁一样烫，是千万不能碰的，必须等到它凉透了才能捡。凉透的煤块外表像是长着一层铁锈般的结晶，十分坚硬，捡到后须用铁锤敲去外层，里面剩下一点点的煤块，那便是经过“千锤百炼”后的焦炭。母亲用浙江话叫它“钢炭”，是最好的厨房燃料，再燃烧时就一点烟都没了。不像采集野菜是在铁路边的坡地，捡拾煤炭须在铁路上，所以比较危险，车站附近，因为火车停留的时间较久，“落煤”自然较多，但车站人员不许人接近铁轨，在那儿捡拾很困难。不过镇北有个名叫“竹林”的小火车站，是太平山林场运木材小火车的总站，铁路的分支很多，分支铁道旁往往有大型的贮木池，火车得停在那儿卸下木头，火车停久了，当然有落煤可捡。竹林车站距离我家很远，单程须走四十分钟，但捡煤的收获量大，相权之下还是值得。

相较台铁的大火车，林场运木材的火车就小多了，但蒸汽车头，与大型火车的组织结构完全一样。小火车缺少大火车的那份霸气，因为体积小，站在边上不会让人心生畏惧。驾驶小火车的人，也比较有人情味，他们多数不穿制服，只穿件破衬衣，脖子上吊着条拭汗的毛巾，有的胡子也不刮，随便得像邻家的叔叔。他们把火车停在贮木池旁，总喜欢与吊木工人大声嚷嚷，看到我们捡拾煤炭的孩子，从不呼吓驱赶，有时还指示我们该到哪条铁道上去捡，真亲切不过。小火车车头一样是黝黑的，烟囱在比例上比大型的火车更高，而且有的是漏斗状，十分特殊。停着的火车头也在运作不休，隔一段时间，它会把锅炉内过多的蒸汽排出来，引起车身一阵小震动，好像火车就要启动了呢。但驾驶它的人不以为意，继续与工人攀谈，他们总是自信满满的，认为一切都在他的控制范围之内。当时我想，能掌控这样一组庞大有力的机器，就跟能操控整个世界是一样的神气。

我小学时的一位同班同学名叫伍朝林，他是个火车迷，常常兴奋地与我谈论关于火车的事。我们都是五年级的时候从别的学校转来这所新办的学校，学校很小，一个年级只有一班，我们那班只有九名学生。从我初识他，他就是一副弱不禁风的样子，面色黑沉沉的，不时干咳，有人说他得了痨病，是很难治好的一种痼疾。

我们的小学除了小之外，所处的地理环境也糟得无以复加，学校其实是由一座废弃的锯木厂改建的，侧面还有座没歇业的锯木厂。锯木声本身就十分刺耳，再加上厂方要不时用高转速的电磨磨他们的链锯，发出高频的声响更让人无法忍受，我们被那日以继夜的噪音弄得几乎发狂，没有发狂的就都成了聋子。学校也在铁路旁边，学校比铁路路基要低很多，铁路等于在学校上方凌空高架而过。火车来时，噪音也是铺天盖地的，但火车的噪音较短暂，又充满着动感与节奏，令人期待又振奋。每天总有十几班客货车由蒸汽车头拖着，从我们的头顶呼啸而过，有时声势实在太大了，老师都得停止上课。有一次我们在上书法课，刚磨好墨，一列火车自远而来，我看砚池上的墨水在微微震动，细细的波纹中闪着一种神奇的光。每次火车来，总会让我有朝圣者般的新发现，小小的一阵风、一片迅速流逝的光影，也令人觉得有丰富的启示意味。

伍朝林有一天说，他以后想要成为火车司机，他身子瘦弱不堪，连背个书包都感到吃力，要把他与这强大的钢铁结构联想在一起，从哪个角度说，都不很搭调。他为什么有这个想法我不知道，但他的这个志愿也传染到我身上，大约在六年级的时候，我也跟他一样，幻想在一生中的某一天会驾驭那个庞然的风火轮，风驰电掣地在群山之间奔驰。伍朝林有本印有各种蒸汽车头图录的书，不知从哪里得来，他宝贝得不得了，每次带来学校，都偷偷摸摸地，刻意藏着不给人看，有次借我看，竟然发现里面还有张火车蒸汽锅炉的剖面图，令我长了不少见识。

有一次伍朝林与我路过平交道，正遇上一列火车要通过。伍朝林听声音就知道来的是哪一种“机关车”，也知道后面拖的是客车还是货车，每次总八九不离十的。关于火车，他总有说不完的意见，然而我们终止了谈话，因为我们的眼光被眼前的一幅骇人景象震慑住了。

在火车到达前的一两秒钟，一只雪白的鸭子不知从哪里飞来，不巧正落在铁轨的内侧，火车疾驰而到，以凌然之势将鸭子“镇”在车下，陷在巨轮之间的鸭子如果不动就不会有危险。但它太紧张了，总想脱逃，它乘一组车轮的空当，奋力地向外飞出，不幸的是它没比火车快，整个身体就应声被轮子碾过，头在铁轨外，后半身还在铁轨内。这列火车很长，过了半天都还没过完，我们注视这个惨剧，无力做任何事。被碾过的鸭头，似乎一点痛觉都没有，还是原本的表情，黄颜色的喙部向后咧，像在笑的样子，眼睛依然光亮明晰。但等火车过了，我们跨越平交道，再看这只倒霉的鸭子，它的眼睛就逐渐黯淡下来，终于灰败得如同它当时的处境。

我升上初中后就与伍朝林断了音讯，他身体更为不好，家人没有让他升学。等我上初二的时候，听人说他已经病死了，此后再也没有人谈起他。生命有长有短，每个生命都有自己的段落。与伍朝林的死讯一同到来，我的火车梦与少年，也在那个时候结束了。

吃教记

因为贫穷与无聊，我们年少时都多少有些“宗教生活”的经验。我不说信仰，信仰这话太严肃了，我们在几个教堂游走，目的不是寻找上帝、渴望救赎，而是一来看看能否在教堂找些生活的补给品，二来看看有没有好玩的。

二十世纪五十年代，第二次世界大战刚结束几年，人们从大噩梦中惊醒不久，正打算把满目疮痍的世界好好地整顿起来，至少也想好好喘息一下。想不到战端又起，好几百万大陆人来到台湾。世界上没被大战波及的只有美洲与独处南方的澳大利亚，南美很穷，大洋洲也落后，只有美国是战事的宠儿，不但本土没遭到战火蹂躏，而且发了笔战争财，战后成了个真正的暴发户。我每次到纽约的大都会博物馆与纽约现代美术馆，就惊讶其丰富的收藏，印象派、后期印象派的好东西几乎全在那儿，不独此也，立体主义、表现主义、超现实主义的主要作品也很多在美国。有一年我到波士顿，正好遇上波士顿美术馆在做后期印象派大师高更的特展，展览品数量之丰、质量之精，确是举世所罕见，而一看细目，大多为美国人所收藏。后来想起，“二战”后，美国独富全球，正碰上世界艺术市场崩溃混乱的时代，美国人乘机大量收购，摆上几十年，任何一幅画都有敌国之势了。

可能因为没有苦难，美国人比其他地区的人显得天真又和善些，这也是事实。“二战”后，美国人看到欧亚很多地区的人没得吃没得穿，就发起一个 Food For Pcacc 的计划，把美国人吃不完的粮食捐出来救助群黎。这计划的起心很好，美国人信仰基督教，就自然把分发救济粮食的任务交给基督教会，基督教会得此资源，当然可以博施济众，但另一方面，也可用此来招徕信徒，扩大教基。我们小时到教会去，大多是为了礼拜后发放的面粉、脱脂奶粉及偶尔才有的听装牛油。民间把信洋教叫成“吃教”，也许有些不敬，但对我们而言，却是一个无误的事实。

我居住的小镇虽然小，但从功能与设施上而言，绝对能算是个城市。这里有县南唯一的一个中学，也就是我的母校。小镇居于整个县的中心点，交通辐辏，自早期就是货物的集散地，所以相当繁荣，虽然不是县城，却也有过风光。五十年代，各种洋教都不约而同地来此处发展，我后来算过，极盛时期，光是“以基督为名”的教会就有将近十家之多，还不算同样高举十字架的天主教呢。

基督教里最老的教会是长老会，据说在日据时代就有了。长老会教堂在小镇公园的北侧出口，是间很典型的礼拜堂，外墙是暗灰色的洗石子，礼拜堂边上，建有一座像外国教堂的钟塔，塔身并不高，大约比教堂的屋顶高一层楼的样子，它上面根本没钟，所以从未听到过敲钟的声音。我有一次跟朋友到上面玩，发现上面堆满教堂乱七八糟的废物，到处是灰尘与蜘蛛网，才知道亮丽祥和的教堂，背面或人所不到的地方，与我们住的地方一样，也是一团糟的。除了长老会，小镇还有路德会、浸信会、信义会等的教会，这些名字不同，但象征物与所信无不相同的教会各有来头、各有资源，而小镇人口大约十余万，民风保守，这些教会要发展势力，必须使出浑身解数各出奇招不可，利诱是最好的方式。大约有三年到四年，各个教会都会在礼拜仪式之后，分发一些有助于教友生活所需的“物资”，其中包括衣服、毛毯，甚至有包婴儿用的大方巾。食物以奶粉、面粉为大宗，有时还有罐头食品，包括牛肉、牛油，还有玉米粒，真是林林总总、光怪陆离。有一次跟我同去的廖可元还分到一罐蜗牛罐头，打开来黏糊糊的，恶心死了。发这些东西的时候，教堂就一改其肃穆的形象，而成了乱成一团的市集。

对我们这些食客而言，教义不重要，教堂属于哪会哪派也不重要，只要有“吃”的就好。当然这“信仰”的动力不是来自自己，而是来自家人，从教堂领到的例外补给，对一家的生活通常有所助益。我读大学的时候有次与当时在台大哲学系的叶新云聊天，他说他从小学到初中，父亲都在外岛当兵，家住大龙峒淡水河边的眷村，一年倒有半年在淹水恐惧中度过，家里弟妹众多，食指浩繁，作长兄的他只有沦落到各处教会作信徒，混些（骗些）食物回来。他几乎是靠吃教堂发的面粉、奶粉长大的。

面粉可能原来是大袋的，后来教会觉得大袋太重，又只能分给几个人，就改成大约只装两公斤的纸袋装了。奶粉原先是听装，后来改成两磅的盒装，盒子是由防潮的油纸做的，上面密密麻麻地写满英文，也没人看得懂它。教会发的奶粉都是脱脂的，缺少一般全脂奶粉的香气，也容易受潮结块，碰到结块的奶粉，冲泡前还要经过碾碎的程序。有些人不习惯吃牛奶，更不习惯吃脱脂奶粉，一吃就拉肚子，然而牛奶难得，又是营养品，我们不能暴殄天物，对付拉肚子这件事只有一个法子，就是不去理它，任它拉，拉久了自然就好了。但我小学同班的同学王景阳就永远吃不惯脱脂奶粉，一吃就拉，他继续吃，结果直到读高中时还是没把肠胃调整好，仍然在拉肚子。更奇怪的是，我们这群从小周旋各处教堂，“吃”尽万教的人，后来没有一个信教的，唯独这位一吃脱脂奶粉就拉肚子的王景阳，最后却信了基督教，而且虔诚得不得了，逢人就说末日近了，要人快快悔改信耶稣。

教堂也精明得很，早识得我们这群食客的伎俩，所以做礼拜时打开大门，发东西时却只开后门。后来又规定，必须参加星期天大礼拜才有东西发，这下惨了，每家教堂都是在星期天上午做大礼拜，一个人又不像宋七力（台湾宗教人士，传说其一人有多个分身）有分身可用，家庭成员多的还好，可以派子弟到各教堂卧底，然后海纳百川地“万善同归”，人丁单薄的，只得规规矩矩在一家教会做忠实的信徒了。后来教堂越来越苛刻，只把东西发给受过洗、注过册的教徒，对我们这些“游民”式的信众就不太客气，当然也会发些东西的，但质与量就每下愈况了。有一次好不容易做完礼拜，发到我手上的，竟然是张用过了的圣诞卡片，背面用钢笔写满了潦草的英文。

我们后来发现，教堂虽然标榜灵修，要我们必须把自己弄得像孩童般干净才能进天堂与上帝同住，其实那里面也是一个不折不扣的尘世，其中的争斗，尤其对敌人的不容与仇恨，比我们住的藏污纳垢的世界还严重不知多少，而怪的是基督教的敌人多数在基督教的圈子里。举例而言，同在一条街头尾的浸信会与信义会就相处得很不友善，表面都信耶稣，骨子里都希望对方失火，把教堂烧个精光才好。后来我弄清楚了一点，他们的仇恨来自于对洗礼的认识，浸信会的受洗仪式一定要照《旧约》规定到河边去举行，一定要把整个人浸泡在水中，而且头要“没顶”才行，而信义会就不用这样的方式，受洗时只要把“圣水”沾湿额头就行了。信义会的理由是如果孩子才几个月大，还不会憋气，把头整个泡到河里岂不给淹死了！浸信会却说你们胡扯，哪里说几个月的小孩受洗要全身浸泡？全身浸泡只有在成年人身上才管用，《旧约》中写施洗者约翰帮人施洗就是这个方式。但信义会又说《旧约》说的洗礼是犹太教的洗礼，那时圣教会还没建立呢，基督的仪式，得照圣教会建立后的标准……就这样你一言我一语地争论不休，最后弄到彼此看对方都成了基督的叛徒，称对方为邪教，两派信徒相互怒目而视，搞到我们这些只想捞点油水的骑墙派左右为难。

后来我发现教会间的仇视与斗争还不仅如此，教义上的歧解其实源于人性中自私、贪婪、凶残、好逞小慧的劣根，把自己的小对说成大对，把对方的小错说成大错，战火一经点燃，就绝不松手地非把对方斗倒、斗臭、彻底斗垮不可。基督教如果有十个教会，就表示暗地里有十个战场。当然形成门派的原因多数在教义的解释，譬如《圣经》包括《旧约》《新约》两部分，到底该以何者为重，就在门派中引发极大的争议。有个教派根本不承认

《旧约》，干脆把自己的教会叫作“新约教会”，还有一个教会可能来自美国早期刻苦自励的清教徒，从《圣经》中发现一条，主张信教要排除一切繁华，连圣诞节都不过，他们不把教堂叫作教堂，而是称为“聚会处”，每逢圣诞节庆，反而大门深扃，凄清无比。

教会间重者彼此敌视，轻者彼此视而不见，有时候并不是缘于教义的解释不同，而是因为一些“教外”的因素，地域或族群认同也成了教会间的鸿沟。譬如讲闽南语、信众以本地人居多的长老会从不与信义会的“国语”礼拜堂往来，中国人创办的教会“真耶稣教会”也不理会有外国血统的教会，当然对路德会、浸信会，也几乎不视其为存在，这都是地域意识作祟的缘故。

我幼年与少年时代，虽然有“吃教”的经验，但不像叶新云那么严重，主要是家庭没有给我太大的压力，要我必须拿教会的东西维生。教会的补给，有当然好，没有也无妨，所以我在各个教堂的行走，比较轻松而有些漫游的味道。这种行走几近于乞讨，却有着一些游戏的成分，特点是刻意把自己置身于最低暗与卑微之处，对孩子而言，“躲藏”有时是很快乐的，从低暗的角落“仰视”世界，是否看得更真实我不敢说，但能够看到更大、更多则是事实。

这样的生涯与观察对我们后来的成熟很有帮助，它让我从很小的时候就体会到生命旅程的复杂性，生命中也许有荣耀，但也避免不了屈辱。尽管眼前一片光明，但随即而来的可能是闪电与雷鸣，就像李斯特在钢琴组曲《巡礼之年》(*Années de Pèlerinage*)里的描写，在经历过瑞士的奇险、意大利的风和日丽之后，必须进入云雾缭绕的灵魂深处做另一番巡搜，人生的旅行才告结束一样。变与多样是事实，我们必须随时准备以应付世界的万变，世界从没有“固定”过。这种“博通”的认识，也让我们早早看出世界既存的污秽与丑陋，但污秽与丑陋如不能避免，我们何不对它稍加宽容呢？

到我初中生涯即将结束时，可能美国的 Food For Peace 的计划已经停了，也许东亚各国已能自立，无须再分发救援物资了，这使得教会生态也有了改变。小镇两三年前雨后春笋般的教堂纷纷关门歇业，只剩下几家，不过也有好处，因为没东西可发，信仰反而成了真正的灵魂追求。然而导致基督教式微的最大原因并不是教会没东西可发，而是同样高举十字架但财力更为粗豪的天主教在小镇兴起，他们有组织又有计划地办医院、护校，天主堂盖得宏伟又堂皇，自然吸纳了大部分有兴趣“吃教”的人的眼光。只不过我们这些小孩已长大，有其他的事值得我们去观察与追逐，天主堂再好的福利，也吸引不了我们了。

白鸽

《印刻》十月号刊登了大陆作家二月河的一篇谈顺治皇帝的文章，在作者介绍中说他“小学、初中、高中各留一级，二十一岁才高中毕业”。同期又刊登了尉天骢先生记诗人也是他中学老师纪弦的文章，文中一段说：“高中第一年读完，我因为数学与英文不及格而当了留级生。高一重读，纪弦竟成了我的美术老师。”读此二段时，心中窃喜，口中不禁大叹“吾道不孤”，原来留过级的不只我一个。

我曾留级，没有像二月河那样成果辉煌地留了三次，但比尉天骢要强的是我在初二时“就”留了，不像他要到高一时“才”留。我们小时候常比赛自己不光彩的记录，同样的记录如发生最早的就算胜利，譬如初中时偷窃被抓，一个同学说：神什么呀神，我小学就被抓过啦！另一个说：我出娘胎就偷东西了。当然算出娘胎就偷的人优胜。其次同时被抓，得看他“赃物”多少，譬如偷五十元与偷一百元，一百元的罪行较重，但论起英雄来，偷一百元的当然要比偷五十元的英雄些。用这个方式，我们来算算：尉天骢因数学、英文两科不及格而留级，而当年令我留级的不及格科目则有数学、理化与公民三科，科目数量比他要多，当然是该以我为胜出了。

然而今天一条龙，当年其实是一条虫，跟人赛狠比英雄，是事情过了之后才有的。刚留级的时候，每个人都如丧考妣，不要说笑，就是哭都不敢出声，窝囊得不得了。我当年留级前，不能说成绩好，但也未居末流，上学期我数学不及格，自以为无所谓，下学期一平均就过了，可就是没过，一科不及格也不致留级。又加上我读的是甲班，是四个男生班中的最好的一班，学校对我们一向优礼有加，我编在这班读书也常自鸣得意，想不到下学期不但没把数学补起来，又多了两科红字。学校规定主科两科不及格就要留级，我比下限更多了一科副科，这样留级，从哪一角度言都实至名归，就算倒霉，也是活该。

但导师张鸿慈先生深不以为然，他想一定是教师或教务处弄错了，自言自语道：“数学不及格也就罢了，怎么搞出理化与公民都不及格了？”他亲自带我到教务处理论。教务处的职员查了后说："不是我们的错，是老师打的分数。但要补救，不是没有办法。数学平均才五十一分，上学期就不及格，这一科就不要管它了。理化平均五十八分，这学期只要多四分就平均过来了，没有四分，三分也行，教务处可以四舍五入，也算及格。这里头公民最简单，因为平均有五十九分，只要这学期多一分，就可四舍五入及格。"教务处职员的话中没有主语，但不致弄错，他眼睛看张老师时主语是"你这学生"，看我时主语是"你"，什么也不看时是"这张成绩单"。张老师纯是好心，到教务处为我设法平反，但我从来没有那般屈辱与尴尬过，我像一个长着暗疮的病人，被逼脱去衣裳，让别人公开揭示我的患部，商量治疗之道。他们讨论的结果是，只要找到理化与公民老师，请他们在七月结束前"更正"成绩，我不留级就有希望。

判了死刑的犯人最好早早伏法，俗语说早死早超生，即使不能超生，至少还算个痛快。不断地上诉、重审，表面带来一丝生的希望，其实是比死还重的责罚，这种痛苦我在少年时代就尝透了。导师事后跟我商量如何找理化老师与公民老师，要我跟他们求情，老师认为，我一向成绩不恶，人也老实（这是他的看法），只要好好说，请他们把成绩改了，应该没什么问题。但马上遭遇到的难题是根本找不到老师。理化老师因为犯了"花案"（与女老师或女学生发生了些事件），上学期结束就离职了，下学期来的是一位代课老师，这位代课老师还是从台北来的，常请假缺课，下课就走，跟这儿的老师与同学都不热络，期末他把分数一交就不知去向了，我穷毕生之力（初中生也没什么力好“穷”的，）也找不到他。公民老师名叫葛桐华，要找就比较方便，张老师与他有旧，张老师说就由他来找，但不巧葛老师下学期转到宜兰省中任教，学期一结束就举家北迁，张老师自然也没找着。

这样度日如年地拖了一个多月。家人问我成绩单呢，我说有一科成绩学校说弄错了，要下个月才能发。幸亏他们都不细心，否则一定会发现事有蹊跷，那段时间我出奇地宁静，特别规矩，家事不论是否我分内的，不须大人吩咐我都会自动又热心地做好。我不太担心姐姐、姐夫在知道我留级后的嘲笑或责骂，我顶多不读了，去做工，我喜欢绘画，我一度幻想可到戏院去学画广告牌。但我担心母亲会受不了，她只有我这个儿子，她从我小时候就天天逼我早起，叫我用功读书，不要丢她的脸，何况她那时重病在身，医生已验出是肝病。据说肝病的人得吃一种海中生物分泌出来的水，家里摆着好几个大型的玻璃瓶，里面的这种生物很像海蜇皮，它会自动增生，原来薄薄一层，过不多久就变厚了，它分泌的水带着一种特殊的酸味，家里被那种味道弥漫，有些呛鼻，但闻久了也就习惯了。母亲的病越来越重，她的下腹肿胀，大概一周须抽水一次，她已不太能做家事，我分外地小心，代理一切粗重的家务，当然其中有为人子的基本孝心，但我心中还有他事，我当时的繁复委屈是完全不能与人道的。

一个月后，找老师的事没有进展，留级的事就算三审定谳了。当留级确定后，家里并没有发生什么风暴，不是我得到家人的宽贷或原谅，而是母亲的病更重了，而且验出是要命的肝硬化。姐姐打听到台北木栅有位中医，就把母亲带到台北去治疗，家里一片兵荒马乱的，根本没人注意我的事。

母亲在台北治疗了半年多，大约是没效果就回家了，到第二年暑假过世前，她都住在家里。她必然在其后的病痛中知道了我留级的事，但她已没有力气责罚我了。整个家在灾难的阴影下，我败坏的成绩，只算是命运气旋中的一个小插曲，没有人注意到它，也没人当它一回事，这是我逃过一劫的主要原因。

但在学校，我却觉得被羞辱得厉害。当时有句闽南语是专门用来嘲笑留级生的："落第某，呷菜脯。"跟"国语"骂得很像，"国语"是说："留级生，吃萝卜根。"我记得自己到"低"年级报到已是耻辱，有天下午第一节是美术课，老师仍然是王攀元先生（似乎全校的美术课都是他教），我因绘画表现不恶，他很早就认识我，还一直认为我品学兼优呢，点名时突然发现我在这班，问我是不是走错教室了，引起满堂哄笑。

学校留级制度的用意也许不坏，是让成绩不好的学生有重新学习的机会。但班上成绩差的，往往可以蒙混而过，而一些成绩不错的学生反倒是留级了，这是教师玩忽职守，没有认真教学，也没认真地打分数所造成的。跟我一同遭到留级处分的两个同学，一个叫简武次，另个叫黄庆统，也与我编到同一班，他们都是极为聪明的人，成绩一向在中等以上，却落到与我相同的命运，可见教师打的成绩不可靠。另外学校对留级的学生并没有特殊的观察与辅导，重读旧课程对大部分留级生而言，只是玩岁愒时，徒然浪费光阴而已。简武次与黄庆统此后的生涯，几乎全都放在教育班上同学如何阅读黄色书刊上面，一个成了“性学大师”，一个成了“金赛博士”，下课了，身边总围着群淫光四射的男生，在班上风光得不得了。

留级让我在很小的年纪就“洞察”了人性中深藏的悲剧，人在自己创造的所谓善的行事规则中，其实容纳了许多人与生俱来的恶的本质，任它在规则中驰骋发挥。军人在这个规则下可以对敌人展开残忍的屠杀，警察对不认可政权的人可以肆意地逮捕与处罚，都是荦荦其大者。在学校，教师与学生对成绩不好的人是可以恣意侮辱的，那是“正义”赋予的权力。当然，世界是圆的，没有单方面的道理，留级生也有生存之道，少数留级生可以戮力自强，发挥潜力，也许把成绩拉上去，等他加入杰出之林后，也可以“奴役”别人。另一种人自知无望，干脆放弃，也就是“不跟你玩了”，他们可能比留级前更加“堕落”，因为对自己失望，也会把失望带给他的世界。

留级在教育中是不是好的方法，我到现在还不能判断，但我当年的遭遇，对我一生其实影响殊深。家人与周围的人，没有一个能帮我面对挫败的难题，反而是不断地讥讽与嘲笑，使我受尽折磨。当然那些痛楚使我成长，但整个情绪低暗又混乱，所以那种成长不是很自然，也不是很健康的。当我高中的时候，已远离了初中留级的愤怒与忧伤了，也许那就是时间治愈了一切吧。记得高三那年寒假，我经过小镇的菜市场，看到一个个子长得高瘦精壮的年轻人，正在搬动堆在街边的陶罐，仔细一看，原来是跟我一同留级的“性学大师”简武次，他变得比以前腼腆，有一点害羞。我问他别后的生活，他告诉我他后来没再升学，就靠卖陶器为生。我问他同属我们一道的“难友”、那个绰号“金赛博士”的黄庆统的现况，他说他不清楚，但听说也不读书了，好像到台北去寻求发展了。他邀请我方便的话到他的家里去小坐，他家住在圣母医院后面，正巧与我住得很近，有一天黄昏我就去拜访他。

他住的地方是租来的，是个有院子的平房，院子与房屋走道上堆满各式陶器，大多是食器，也有一些是玩具，但在他住的主要房间的地上，整齐地排着一列专门用来装死人骨头的高罐，令人怵目惊心。他与我同年，我还在学校读书，他却要成天在这儿搬有运无地接受生活的磨炼，他笑着说这些都不算什么。他说留级后他只读了一年就休学不读了，所以他初中根本还没念完，留级后的那一年让他觉得所有的生活都没有意义。我开玩笑说你不是读小说很有心得吗？我指的是色情书刊，他苦笑说："一阵子疯，过了，就都没有味道了。"我问他生活中哪些还是"有味道"的呢？他说是养鸽子。

他带我上屋顶，说现在正是黄昏放鸽子的时候，我才知道他的本事。他说屋顶的鸽笼全是他一钉一木亲手打造的。木条都是原木的颜色，整个鸽笼整理得十分干净，没有一般鸽笼的臭味。鸽群看我们上来，都咕咕叫又跳的，显得兴奋异常。他打开特制的小门，鸽子一个个跳到门内的踏板上，仿佛在等待他的准许才能飞出笼外似的。他把一只灰色带着红斑的鸽子抱在手中，检查它的喙与足爪，他说这只鸽子前几天受过伤，现在已经全好了，他用上扬的手势送它到空中，鸽子就奋力地飞了出去。

他特别挑了一只纯白的鸽子，轻轻放在我手上，要我用左掌捧着它的腹部，右手轻压它的双翅，将它的双足穿过我左掌的指隙。"小心别让它抓伤了。"他说，然后要我学他放鸽子到空中。白鸽的腹部柔软极了，足与喙都是好看的粉红色，而眼睛则像红宝石一般发亮。我在他的号令下两手轻扬，白鸽就拍着翅膀飞了出去，简武次看着我，第一次兴奋地笑了起来。他举起插在鸽笼边的竹子，上面系着一面红色的三角旗，他用力地在风中挥着，我与他一起，看着远方的鸽子，好像自己也能飞翔，能够把年轻生命中的困顿与哀伤远远地抛掷到脑后一样。

影 戏

电影在西方的历史已经很久了，我最近看卡尔维诺的一篇带有回忆性质的文章，上面记载他的童年，大约是二十世纪三十年代的时候，电影已很风行，在意大利很荒僻的乡下就能够看到世界各地包括好莱坞的影片了。但我小时在宜兰乡下，就在五十年代初期，电影还很稀罕，小镇有两家戏院，原都是以演歌仔戏为主，到我读初中时，歌仔戏才逐渐没落，电影终于取代了歌仔戏的地位，成为娱乐的大宗。两家戏院成为专演电影的电影院，但当时人不叫它电影，而是叫它影戏。

不过歌仔戏还是有票房，太平山林场有一个礼堂样的建筑，取名叫作“林工之家”，一度取代戏院成为歌仔戏的演出场所，演出的时候，也是盛况空前的。歌仔戏演出时常常标榜十几或几十

“大本”，要把这么多本戏演完常需一个礼拜甚至半个月，所以每场演完的时刻，戏班会加演一段“下集预告”，大家把这段加演时刻叫作看戏尾。戏尾开演的时候，戏院会打开大门，让没钱买票的人也可进去过过戏瘾，正好下午场演戏尾的时分，是我们中小学放学的时间，我们常挤进乱糟糟的戏院，看舞台上生旦净末丑为下次票房奋力地演出。

戏院刚改为电影院时，还保留了些演歌仔戏时的规矩，电影快散场时也会打开大门，让人进去看“戏尾”，我就进去看过。但放电影不比演歌仔戏，门帘一开就影响布幕上的声光，戏院后来就不再让人进入了，但场外等待的观众很多，也是影院做生意的对象，戏院就想了个办法，让正片演完后加演预告片，这时临时观众进场就没什么关系了，因为看正场电影的人都纷纷要走人啦。当时的闽南语把预告片叫作“见本”，我们孩子对话中常有哪部片子精彩极了的对话，其实讨论的都是电影的预告片，因为看正场电影得买票，小孩子是看不起的，后来我才知道“见本”是日本话。

早期的电影院设备可说是简陋得很，好在只要在黑色的布幔上挂一块白布就行了。那时的电影还是小银幕，演的多是黑白片，有一部彩色片子，戏院就会大事张扬，说是什么“特艺五彩”，一部伊漱蕙莲丝（又译埃斯特·威廉斯）主演的歌舞片名叫《出水芙蓉》，标榜的是“水晶七彩”，后来“特艺五彩”又变成“特艺十彩”，我完全搞不清楚五彩、七彩与十彩是如何分辨的，只知道彩色片比黑白片卖座要好是事实。不久之后，大部分电影都改成彩色拍摄了，连“国语”片、闽南语片也不落人后。

戏院在刚改演电影的时候，“国语”片与闽南语片比较没有问题，日本电影也还好，社会上懂日语的人还很多，但演西方片子的时候就有麻烦了，因为观众根本是鸭子听雷，不知道明星在上面讲的是什么。当时电影还没流行附着字幕，附着也没太大用途，因为认识字的人也不很多。这时电影院就发明一种办法，请一个人在一边依着“本事单”上的故事大纲来逐句翻译，用的语言当然是闽南语。“本事单”只大略介绍剧情，要逐句翻译完全得看翻译者胡扯的功夫，电影院用扩音器把翻译放出来，一方面给戏院里的观众听，一方面也朝戏院外“播出”，可以招徕外面的群众，但可笑的是电影里面有不同的演员，而翻译者只有一个，他不管如何尽力模仿，还是一个如假包换的单口相声。

后来可能为了节省经费，戏院不再花钱请翻译员，翻译的工作改由电影放映师兼任，理由是放映师一天至少看过三场，电影的剧情早已了如指掌，当然可以担任翻译了，但他们忽略了口才其实是一项专业，不是听过故事的人就一定能讲故事。我就听说有一个喜欢表演的放映师，拿起麦克风就喋喋不休，他每看一遍电影就有新发现，因此他的翻译也每场不一样，弄到观众去向戏院老板抗议，说同一部片子看了两遍，结果故事竟然大不相同，老板把放映师找来，要他以后翻译要“老实”一点。但无所谓，因为不久，“片上自带中文字幕”与“特艺十彩”就成了所有电影卖座的必需，放电影又兼翻译的这行业，只兴起一时，很快就消失了。

我读初三的时候，学校请来了一位极有个人风格的老师来当训导主任，这位训导主任对篮球与电影出奇地热衷，在他任内，他不但凭着个人关系，请到当时在台北“篮坛”有名的球员如陈祖烈、罗继然以及教练霍剑平等来校访问，还安排他们跟这里的球队举行友谊赛。切磋球技的结果证明地方球队根本没有球技可言，但众多明星在我们学校的水泥球场出现，把学校弄得热闹非凡，也算是盛事一件。

有一次这位训导主任去看电影，正戏前放映一部美国哈林篮球队的纪录片，他极为欣赏，连忙跑去找戏院老板商量，说要“包”演这部纪录片给学生看。老板说一部纪录片只有十余分钟，没法包演，除非连主场电影一起才能“包”，他爽快地说好。第二天下午就全校停课，决定初一初二年级看第一场，高中与初三看第二场，连“包”了戏院的两场。全校因这消息而沸腾起来，上午就没心上课了，好不容易挨过中午，吃完便当，就准备排队到戏院。哈林的球技确实不同凡响，个个都有百步穿杨的本事，他们还能蒙着眼睛反身投篮，弹无虚发，每投必中，那部片子真是精彩极了，但接下的剧情片就沉闷不堪，是个老掉牙的爱情片，男女主角哼哼唧唧的，连打个 kiss 都不痛快，如果不是有老师与教官在后面押阵，学生大概都溜光了。

这个例子一开，全校师生同去看电影就变成常态了，有几个学期，我们几乎每个月都会开进戏院去看场电影，也不管是否耽误了正课。当然这事没法排进学校的行事历中，因为要被动地等到有适合青少年身心健康的电影出现才行。看电影虽然说要适合青少年身心健康，不过解释起来也不是那么一成不变，譬如战争片，可以说是砥砺青年敌忾同仇的爱国意志，科幻片是增进学生的科学知识。我们就看过一部名叫《坦克大决战》的影片，虽然是部好莱坞出品的美国片，但戏中主题是纳粹战败前青少年参加坦克部队的故事，最后他们都被美国的战车打败了，简直是全军覆没，但观众的同情心都放在惨死的纳粹青少年军身上，如果这片子是唤醒青少年爱国意识的话，那唤醒的是爱哪个“国”的意识呢？好在从没人追究过。

我读高一时，学校带我们到戏院观赏一部环球电影公司拍的时事新闻片，其中有一段是“八二三金门炮战”的纪录片，战况十分激烈，全片只有两三分钟。然而接下来演的是一部名叫《一袭灰衣万缕情》的电影，故事如片名一般，冗长而灰暗，无聊透顶，如果有人抱怨，学校可以说我们主要是来看国际新闻片的嘛，剧情片是奉送的，看不看随便你啦。这些事如发生在今日，早就让人掀翻天了，那时候却都相安无事，当时的人，得饶人处且饶人，真是忠厚极了。

学校的这项与正式课程无涉的安排，对我们知识的开展是很有帮助的，有些电影带给我们沉思，有些电影让我们怀疑，而那些沉思与怀疑都是成长所必需。譬如我们曾看了一部号称“科学片”的《变蝇人》，故事是说一个科学家发明了一种特殊的传导技术，能把人从一个大瓶子中传到另一个大瓶子中。有次他以自己做实验，实验中不小心让一只苍蝇飞进了瓶里，他在另一个瓶子出现的时候，发现自己的头竟变成了苍蝇头，而苍蝇身上却带着他的头。当时科学家想，一定要把苍蝇跟自己关进瓶中再传导一次，彼此才有可能恢复原状，结果整部片子在抓苍蝇的过程中打转，可说高潮迭起，但到后来苍蝇还是朝屋外飞走了，科学家看再也追不回来，只有绝望地自杀。这部片子虽然是科学片，但整体而言，是把科学当成梦魇，在它众多的寓意中，至少有一项是说科学本身就是个陷阱，跌进去后很难爬出来，整部影片在“情绪”上其实是反科学的。这部影片对我的影响很大，我看后不停地思考，科学家与苍蝇交换了头颅，这时的科学家应该算是谁呢？有思想能力的脑在头颅之内，苍蝇具人的头颅，那感觉绝望的应该是苍蝇，该自杀的也是苍蝇才对，但电影却把具有人形体不具有头颅的那个“人”当成科学家，岂不完全弄错了？

由于学校经常带我们看电影，我们对电影的喜爱情绪就被激发出来了，私底下也就时常光顾戏院。高中后，学生老喜欢在课余讨论电影，电影变成时潮与新知的来源。这一点，男女的差距很大，女生在电影上所得最多的通常是化妆与服装的知识，男生则比较注意机械与武器，在电影情节上女生注意的是男女感情的事，而男生则喜欢讨论西部片中谁出枪快、日本影片中武士本事多强的问题。

有几年小镇戏院在上演西部枪战片的时候，几乎座无虚席，观众多得不得了。有一个名叫伦道夫·史古脱（又译兰道夫·斯科特）的半老明星，长相不怎么好，但戏院宣传时说是美国总统艾森豪威尔“最欣赏”的明星，他主演的几部片子都卖座奇佳，想不到这位无论从哪个角度看都不怎么好看的演员竟然成了我几个同学的偶像。西部片中还有一个名叫裴兰卡斯脱（又译伯特·兰卡斯特）的（奇怪，枪法好的明星都喜欢叫什么“脱”），倒是个又有“性格”又有劲的明星，他与同属“性格”的演员科克·道格拉斯合演过几部好片子。科克·道格拉斯的长相奇特，浓眉大眼，头发像一堆乱草不说，下巴正中央还有个凹下去的肉陷，真让人担心他刮胡子时该怎么办。然而他们俩演了几部后就不演了，听说是“戏路”变了的缘故，后来就由约翰·韦恩取代了他们在西部片中的地位。约翰·韦恩好像终其一生没有更改戏路，直到死都还在演西部片。但我很不喜欢这号人物，大肥脸孔眯眯眼毫无表情不说，头老是梳得油光，走起路来喜欢把手放在腹前左右摆来摆去，娘娘腔得很，想不到后来竟成了西部片的“泰斗”，世事之不可预料有如此者。

日本片的卖座状况一直很好。我读中学时日本古装武侠片十分风靡，戏院也经常上演日片，我就看过三船敏郎与八千草薰主演的《宫本武藏》，无论声光演技都精彩得很，这部片子好像有上中下三集。上演的时候，在小镇上真可用万人空巷来形容。第三集也就是故事结尾，宫本武藏与佐佐木小次郎在海边决斗，好像是旭日初升的时候，小次郎凭借刀上的反光把对方的眼睛弄昏了，出其不意地一刀把宫本武藏杀了，一世英雄得此结局，散场后的观众无不唏嘘喟叹。

后来日本武打片又喜欢纠合一些怪异故事，一下子恶魔一下子菩萨的，最怪力乱神的是《里见八犬传》，还有一部由阪东妻三郎主演的《丹下左膳》，描写一个瞎了一眼又缺了一手的神奇武士，出刀极快，因而战无不胜。但这类电影都显得荒诞不经。更晚一些又蹦出一个胜新太郎来，他主演了好几部的《盲剑客》，描写一个目盲的人竟能同时对付八个以上的明眼剑客，更神的一段是这位盲剑客吃饭时讨厌苍蝇扰人，举剑一挥，十几个苍蝇应声落地，这个镜头引得观众一片叫好，戏院的气氛真是热闹极了。当然那些都是剪辑的特技，越后来的电影越朝特技方面发展，偏离了电影艺术的正道，影片至此，已不再以故事与演技为重了，日本片中再也没有当初如《罗生门》《地狱门》般的元气淋漓了，我认为是一种堕落，但电影对大多数人而言只是娱乐，也不能指责过甚。

我们青少年时代，都曾有一段时间对电影热衷过，每当一部新电影上演，就有不断的叙述与评论在四周响起，这时没法发表意见的人就羞愧不已，立誓放学后快快赶到戏院，把自己荒废的知识当下补齐。

我是男生，所以我残存的电影记忆，不论西片、日片都以动作片为主，“国语”片我很少看，因为都是不痛不痒的廉价爱情片，其中“插曲”尤多得让我无法忍受。不论西片、日片或“国语”片，我对女主角都没什么印象，但我同班的同学史柏一就跟我很不同，他喜欢看也看得懂爱情片，他对女明星的事知道甚多，有时甚至能如数家珍地叙述一个女星的来龙去脉，他的银幕偶像也以美丽的女性为多。我记得他最欣赏的是刚演出《罗马假日》就暴红的奥黛丽·赫本，他跟我说，如果不看《罗马假日》，那所有电影都不要去看了。我在他的不断怂恿与“威胁”之下到戏院看了场《罗马假日》，想不到还是部黑白片，故事描写一个公主与不知情的记者在罗马邂逅的经过，也是个老掉牙的爱情片，没什么可谈之处。然而女主角奥黛丽·赫本真是漂亮，男主角哥雷葛雷·毕克（又译格里高利·派克）也英挺潇洒，奥黛丽·赫本在剧中调皮地剪去长发，留了个俏丽的短发，这种短发被大家称作“赫本头”，电影演过后，还流行了好一阵子。

史柏一对奥黛丽·赫本的热衷一直到高中都没停止。高中时镇上一家戏院在演由托尔斯泰名著改编的电影《战争与和平》，“卡司”一大堆，剧中女主角娜塔莎是由奥黛丽·赫本饰演。这部片子史柏一连着四天天天买票进场，他除了去看他心仪的女星之外，另外还有企图。史柏一家里有架雅西卡（Yashica）牌的120毫米相机，观景窗在相机的顶部，一次只能拍十二张，他想把他心爱的奥黛丽·赫本摄入他的相机中。他的二三四次观影都是为了拍照而去的。第二次与第三次都没有成功，因为他以为电影院很暗，所以带了闪光灯进去，想不到闪光灯一闪，连带把整个银幕都照白了，当然什么都没照到。第四次进戏院他终于学乖，不用闪光灯，结果照出来了，照片里的奥黛丽·赫本穿着一件领子是蕾丝边的白衣服，头发整个绾上去，上面戴着发亮的发饰，大大的眼睛巧笑倩兮地盯着镜头望。我跟史柏一说，光是为了这张照片，买五次票都值得呢，他也说值得值得。

都是很久很久之前的往事了。十年前，我在一次聚餐中遇到了史柏一，他当时还在故乡的一个中学教书，前额已秃，剩下的头发也是黑白相参，他说再干几年就准备退休了。我突然想起他那次在戏院拍照的事，问他那张照片还在吗？他说还在，只是照片已经泛黄了。他目光停在空中，用回忆的声音缓缓地说，他把那张照片放在一个特制的相簿里，偶尔翻出来看看，底片已坏，没法重洗了……他后来的话越说越小声，我根本听不清楚。过了一会儿，他回头笑着对我说："只有奥黛丽·赫本永远青春美丽，现在我们都老了呢，不是吗？"其实奥黛丽·赫本已去世很多年，我想他是知道的。我们就陷入了长长的沉默。

散落与连接

一　莫道儿

莫道儿像是个小说里人物的名字，小说大约是讲一个孤儿奋斗的故事，你一定会这样认为，我曾一度以为如此，在我读初中的时候。音乐课老师教唱黄自写的《天伦歌》，其中有两句是："莫道儿是迷途的羔羊，莫道儿已哭断了肝肠"，后面又是："奋起吧孤儿！惊醒吧，迷途的羔羊！"分明说莫道儿是个孤儿。

一直到高中，才知道是一场误会，原来《天伦歌》确实是首勉励孤儿的歌，要孤儿抛弃自卑自怜，努力奉献社会，但歌词里的"莫道儿"并不是人名，而是"别说我是"的意思。音乐老师只顾教人唱歌，从不解释歌词，当年的老师程度有限，他们自己也不见得懂，再加上歌词总写得文绉绉的，老是用些典故，譬如《天伦歌》的首句是：“人皆有父，翳我独无；人皆有母，翳我独无。”原来是脱胎自《左传》的《郑伯克段于鄢》，那是我后来读了《古文观止》之后才知道的。

与我一样糊涂的是我的大女儿，一次她与我讨论也是黄自谱曲的《国旗歌》。《国旗歌》里面有句是：“守成不易，莫徒务近功。”她以为是说守一个城都不容易了，就不要随便地想要进攻外国。照我女儿的意思，《国旗歌》是一方面勉励国人要守住得来不易的革命成果，不要被好大喜功的人害了，一方面又主张和平，必须先从克制自己侵略的欲望做起。她的想法没有不对，但无疑是曲解了《国旗歌》，这是因为她把歌词里的守成想成“守城”，又把歌词里的近功想成了“进攻”了。小学老师教唱歌的时候，可能根本没有讲解，或者就是小时候扯着喉咙跟着别人唱，连歌词都没有见过呢。有趣的是女儿跟我讨论这件事的时候，她已从国外得到音乐学位回来了。

有次我在台大的课上告诉学生我错解“莫道儿”的故事，大家听了都笑得合不上嘴。不久四月一日愚人节到了，正巧那天我有课，走进教室后，见讲桌上工工整整地放着一张卡片。我把卡片翻开，上面用楷书写着：“这是老师的节日，恭祝老师佳节愉快！”下面密密麻麻地签满了全班的人名，好笑的是在全班人名前面，他们不称自己学生，写的是“敬爱您的——莫道儿们上”。

二　目屎阿欉

在读高中的三年中，我突然对西方古典音乐产生了兴趣，但家里根本没有唱机，听音乐得靠各种机缘。有时能在收音机里听到一些曲子，然而当时的广播很少有古典音乐节目，一般文艺节目会播，不过很难得播大曲子，只零零碎碎地播些短曲，如莫扎特的《小夜曲》、奥芬巴赫的《霍夫曼的船歌》、舒伯特的《圣母颂》《野玫瑰》等，再加上还没有调频（FM）广播，所有电台都是调幅（AM）播出，音效也差。有时得到同学家去听，当时有唱机的同学不多，有古典唱片的就更少，偶尔碰上有古典唱片的同学，就巴结他放出来听。我记得班上一位同学家里有张柴可夫斯基的芭蕾舞剧《天鹅湖》《胡桃夹子》的选曲，那张唱片翻来覆去地听，最后听到唱片都给磨花了，杂音实在太多了才不再听。

高二的时候，一位高我一级绰号叫“目屎阿欉”的学长（很惭愧我忘了他的正式名字）听说我喜欢音乐，一时兴起，曾带我到他家听过唱片。他的绰号上有目屎两字，应该表示他爱哭，闽南语目屎就是眼泪的意思，但我从未见他流过泪，也许小时爱哭，留下这个诨名。他家在一个牙医诊所楼上，唱机是落地式的，十分气派，他的唱片并不多，但有些平常难得听到的“大”曲子，其中好像包括好几张贝多芬、柴可夫斯基的交响曲。

我当时的音乐常识并不丰富，知道的曲目不多，他告诉我他最喜欢的是瓦格纳的作品。他最熟悉也最喜爱的是歌剧《特里斯坦与伊索尔德》（*Tristan und Isolde*）里的管弦乐合奏《爱之歌》（*Liebesmusik*），每次受邀到他家，他必先放这首曲子，并且要我在客厅的方椅上正襟危坐，“抱着沉静的心情”仔细地聆听。那真是一首严肃中透露着光彩的大曲子，描写爱情的悲喜情节，令人回肠荡气。可惜这曲子实在太长了，听一遍大约需时三十分钟，再加上整首曲子的速度不只是 Adagio（慢板），甚至是比慢板还慢又更严肃的 Largo，带着一种宗教性的悲剧意味。目屎阿欉的身体不太好，一点点的精神又被这长又悲哀的曲子消耗殆尽，听完这首，往往没有意思再放我想听的贝多芬了，就是放了，也因为他不专心，害得我也不好意思再听下去，聆乐之行最后总是草草结束。

有一天我又受邀到他家，依往例听完这首曲子之后，他兴致尚高，我期望再听些交响乐或协奏曲之类的，但不幸的是他在取下唱片的时候，不知怎么一松手，竟然把那张宝贝万分的瓦格纳摔在地上摔破了，让他木然地站在原地好几分钟。我当时的心情很复杂，一方面同情他，一方面又庆幸此后不需再把精力放在那首过分悲哀的曲子上，就有机会听完他家中其他的珍藏了。但目屎阿欉学长也许太过忧伤，也许自此改变了聆听的习惯，也改变了对我的友谊，直到他高中毕业，再没邀请我到他家。从那以后，我又恢复了无乐可听或者打游击式的随机“乱听”生涯。

大约过了三十年或者更久之后，我已经有能力备有自己的音响，并且比起以前来，算是可以挥霍又任性地购买唱片了，可能也是弥补少年时代的亏欠吧。后来我终于知道，《特里斯坦与伊索尔德》里的《爱之歌》，在瓦格纳的原作里并不称作“爱之歌”的，原作里面它是两段音乐，前面是歌剧第一幕的前奏曲（Prelude），后面才是歌剧第三幕伊索尔德唱的最后咏叹调《爱之死》（*Liebestod*），彼此并不相连，而演奏会喜欢把两段音乐连在一起演出，就变得那么漫长了。考究一点的乐团不喜欢把这首曲子叫作《爱之歌》，而会叫它作《特里斯坦与伊索尔德》中的《前奏曲与爱之死》（*Prelude und Liebestod*）。这段乐曲我至少听过十种以上的演奏版本，收藏的唱片也有四五种之多。其中印象最深的是原籍罗马尼亚的指挥家谢尔盖·切利比达奇（Sergiu Celibidache，1912—1996）指挥慕尼黑爱乐管弦乐团的那张现场录音的EMI唱片，那曲子他们演奏得真好，悠悠的弦乐在够大的空间里飘荡，最令人夺魂的并不是音乐本身，而是曲子演奏结束，停了几秒钟，像是等待声音在浩瀚的夜空中凝结起来，整场一片静默，冷不防，有几片掌声响起，后来越来越响，变得绵密又热烈，让人终于又跌入现实。每次听这张唱片，就会想起那位目屎阿欉学长来，他如果在，不知会感动到什么程度。

三　牧师娘

从我家到学校的路上要经一座公园，公园里有小水塘，塘边嘉树成荫，错落着几个亭阁，看起来还算顺眼，我每次上下学都喜欢从这里走过。公园的北门口正对着一条马路，路口有一间基督教长老会的教堂，这是小镇最老的教堂，灰色洗石子建筑，日据时代就有了。我每次经过，都会放慢脚步，有时会在此驻足一段时候，并不是我对宗教发生兴趣，吸引我的另有他物。

在这座教堂的后方，与教堂相连的建筑是牧师的宿舍。长老会的牧师一般不叫作牧师而叫作长老，但长老的太太还是得叫牧师娘，从来没听人叫长老太太为长老娘的。一次我经过教堂，竟听见一段亮丽的管弦乐从教堂后面的宿舍房间传出，就有一种“如听仙乐耳暂明”的感觉，转头发现是牧师娘在她的房间放唱片，音乐从窗口传出，走在街上就听得到。

这位牧师娘年纪大约还不到四十岁，脸孔胖胖的，头发烫成大卷式的。她放音乐的房间应该是她的客厅，两面有窗子，光线很好，光线不好的时候就开着灯，所以在外面也看得到她。音乐响时常看到她在房间里走来走去，像是在不停地擦拭家具或在整理东西，似乎从没看她好好地坐下来欣赏过，我一度还以为她是长老家请的下女呢，后来一位信教的同学告诉我，她就是牧师娘，是一点都无须怀疑的。

牧师娘无疑是个喜爱音乐的人，她放的音乐是一般比较少听到的曲目，但那时我听过的西方古典音乐不多，而且抓到什么听什么，一点系统也没有，所以我的判断也不准确。我对声音比较敏感，平时把听过的音乐存在脑子里，没有能力爬梳，更谈不上整理，脑中存有许多乱糟糟的各不相连的乐段，像堆栈一般地，毫无结构可言。所以音乐对我来说不能算是知识，顶多只是一团混乱的记忆罢了。

一次下雨天我经过教堂，并没有看见牧师娘，但我听见窗内唱机正放着里姆斯基·科萨科夫（Rimsky-Korsakov，1844—1908）的名作《天方夜谭组曲》（*Sheherazade*）里最惊心动魄的描写辛巴达航海冒险的那段，我特别靠近窗台，和着屋檐的雨声，把大约十分钟的终曲听完。那天我穿着雨衣，雨衣的头套像个特殊的收音设备，把收到的澎湃音响就近反射入耳，那真是一次极其怪异的聆乐经验。我呆立在大雨的窗前，如果别人看到一定会惊讶的，所幸那天并没有被任何人发现。后来有一天天高日暖，我听到她唱机上放的是奥尔夫（Carl Orff，1895—1982）的《布兰诗歌》（*Carmina Burana*），我站立窗前听了一会儿，正巧是曲中那个变声男高音怪里怪气高叫的时候，我看到牧师娘走进房间，只得匆匆离去。

我不信教，长老会又比较有群族特性，对他们认可之外的族群似乎不太欢迎，所以我无缘正式走进这座教堂。但我对这座教堂的信众，一直怀有一种特殊的祝福之情，说透了，竟然是因为他们有一位喜欢古典音乐的牧师娘。从我家到学校其实还有其他通路，在我发现教堂的乐声后的一两年之间，我不论上学或者回家，几乎都只走这条路。

后来我常常思考那段聆乐之旅对我一生究竟发生了什么作用，我不是个早慧的人，这可由我从少年到青年时代对一些歌词的误解看出来，我大概天生喜欢音乐，但我生长在一个毫无音乐成分的家庭里，我在收音机里、同学家中，当然也包括在学长目屎阿欉的家中听来的音乐，都是零散又欠系统的，在牧师娘窗外听的，更是忽长忽短，东一段、西一段有头无尾的，这些乐段散居各处，彼此毫无关系，有一点像散落在外太空各不连属的陨石。我只是随兴又随缘地听，听多了，竟然也有发现。那些各不相属的东西之间，其实有一种看不到的神秘力量在牵引着，这有点像太空里的陨石各自独立、各不相属却没有碰撞，它们其实都被看不见的磁力规范在轨道上，只不过那磁力与轨道我们都看不到。从这点看，散落的陨石并不是那么孤立，它虽渺小，也是宇宙秩序的一部分。

一天我重读朱子《大学格物补传》，突有所悟，朱子说："一旦豁然贯通焉，则众物之表里精粗无不到，而吾心之全体大用无不明矣。"句中的豁然贯通不只是知识经验，而是指精神契合与会通的生命境界。小时候零零碎碎地从各处得来的音乐"素材"，后来自有机会加入各种知识，逐渐形成对音乐或艺术的整体认识。而音乐与非音乐、艺术与非艺术、科学与非科学，从更高的地方看是一体的，彼此依存，彼此激荡，形成了整体的生命。人在人生中某一个奇妙的阶段会突然说我懂了，这时候，一些本不相关的事相关了，本来没有连接的事看出了连接，原来，那就是意义产生的经过。

在艺术欣赏的过程中，欣赏者常会把艺术与自己的生活连接，回忆与想象充填了所有艺术的空隙，这是艺术欣赏不能排除主观与直觉的最大理由。我在听《天伦歌》时常会想起我无知的童年，听《特里斯坦与伊索尔德》的时候总会想起目屎阿欉，而听到风刮过壁立的海涛，小提琴像辛巴达驾驶的小舟冲破排天的巨浪奋力迈进——《天方夜谭组曲》里面那最惊心动魄的一段，我想起的，是许多许多年之前放这段音乐的牧师娘。

童年早已过去，目屎阿欉与牧师娘，还有许多以前熟识的人也都不知去向了。人世变化太大，不是我们能掌握预料的，所幸那些音乐依旧存在。

梵高之路

我读高一的时候，有一次捡到一本过期的月历，是银行印制的，里面有一张梵高名叫《拉克劳平原的丰收》（*Harvest at La Crau*）的油画，我将它裁下，放在桌面的玻璃垫下。这是梵高画作里少有的令人平静安宁的作品，大片成熟的麦田，一部分已经收割，一部分仍黄澄澄地连绵到远处山脚，近处田埂上停着板车，田埂边上，有一座跟房子一样高的麦草堆。我常常面对这幅画发呆，幻想我在画中的各处“景点”游荡歇息，周围的风轻缓而充满了麦香，我敢说我对这画中细节熟悉的程度，甚至超过了梵高本人。因为这幅画，我又在图书馆找到几本谈梵高艺术的书，慢慢对梵高以至后期印象派有了一些了解，我又看了一本名叫《生之欲》的翻译书，其实就是梵高的传记。那一段时日，我成天想着梵高的画与他的一生，心中逐渐形成了一条“梵高之路”，路旁是梵高画里的风景，每当我心情很糟的时候，常常独行于其间。

梵高之路纯粹是我想象与杜撰出来的，当然梵高走过，但他走时不依照我的顺序。几十年后我看过一部黑泽明编导的叫作《梦》的电影，其中一段梦，是描写作者走进梵高的画作当中，情节有点与我的幻境相似。

走梵高之路，当然要穿他那双系长鞋带的有点脏的皮鞋，梵高为他的那双破鞋子画过很多张素描，也画过一张油画，颜色很是低暗，与他早期名作《吃马铃薯的人》(*The Potato Eaters*)是同一时代的作品，我的皮鞋就是那样子的。军训课教官规定要穿皮鞋，正好我刚读高一，金门就发生了“八二三炮战”，全岛紧张得不得了，以为全面的战争就要开打，高中的军训课认真起来，平常立正、稍息等基本训练一点也不马虎，学校甚至还带我们去靶场实弹射击呢。我在公园边退伍军人经营的估衣摊用极低的价钱买了平生第一双皮鞋，样子有点像美军的军鞋，鞋子不怕旧，旧鞋穿起来更是舒服，这是估衣摊老板说的。有一只鞋的鞋舌有些变形，已经拉不太直，系完鞋带，走没几步就会向一边斜去，鞋底还好，是用旧轮胎补过的，可以支撑当时瘦削的我走一阵长路。

梵高之路到底要从哪里起始呢？那可没有一定，纯粹看当时的兴之所至。但不论从哪里开始走，总会经过那座有名的吊桥，吊桥是放下来的，一辆马车正要从上面通过，桥下运河边有群洗衣的妇人，似乎还听得到她们谈笑的声音呢。接着梵高要走向种满向日葵的花田，正是夏秋之交的天气，向日葵结实累累，有些花因中间的葵花子太过饱满而倾折，焦黄的枝叶在阳光下闪着金光。梵高在田埂徘徊良久，在那儿写生，又跟花农要了几朵回去，插在开口很大的水瓶里，定下神来又好好地为它画了几幅。如果时间早些，还没到秋天，是盛夏的时日，梵高会走到水泽之畔，看丛生的鸢尾花。鸢尾花有剑状的长叶，花像紫色与白色相间的蝴蝶，在水边清凉的微风中飞动。梵高喜欢鸢尾花，他画鸢尾花时都用清凉的色调，连背景都很平和，跟他画其他的画不同。

与梵高这幅鸢尾花的冷色调很不一样，学校的气候不很宁静。“八二三炮战”后不久，学校的政治活动也如火如荼地展开，向前线将士写慰问信，“救国团”派专人来学校演讲时事，忙成一团，扩音器成天播着军歌，好像天下兴亡，乡间的学生也有无比的责任似的。结果给前线的慰问信有了回音，但都是给女生的，一个有女性化名字的男生也收到了，都是寂寞中的无聊话，信中求索更多的安慰，已有点骚扰的性质，当然这方面后来学生都无以为继了。

“救国团”派“名嘴”来校演讲倒颇有看头。一位有大学教授名衔的高大汉子，讲起话来说学逗唱样样会，又能出经入史，证据古今，尤其在说话中引用大量外文，博通得不得了，很受大家欢迎。他每次演讲，几乎都在带领大家呼口号的情绪下结束。但他出勤太密了，总会踩到香蕉皮。一次讲国际形势时涉及中东的黎巴嫩，这位仁兄虽然博学，但读报可能不仔细，老把黎巴嫩念成“嫩巴黎”，此后大家就以“嫩巴黎”来叫他。他不知道，每次演讲还“嫩巴黎”个不停，总引起一阵哄笑，哄笑中有放肆的嘲讽意味。后来他可能发觉了，就不再到我们学校来。当时学校师生都沉溺在一种不稳定的情绪之中，空中好像挥发着易燃的气体，一不小心就会点燃甚至爆炸，但那种想象中的灼烧不令人害怕，反而令人有点醺醺然，像醉了的感觉。从旁观的角度看，是蛮危险的，但当事的人都没有发觉。在这样炽热高亢又昏然的气氛之下，学校简陋的设备、一塌糊涂的师资、鬼混式的教学一仍旧续，都没人去管它。

我想起梵高的另一幅画，也跟麦田有关，却令人觉得不安稳得很。画中麦田里的麦子已经成熟，但都没收割，可能因为风大的缘故，大片麦子都在摇晃，远看像海上的波浪。在麦子与远山相交的丘陵间，长着几株柏树。梵高画这几株柏树，树叶与枝干虽然是绿的，线条则扭曲如火焰，最奇怪的是天空中的云彩，大幅卷曲得像山间溪流，奔腾汹涌，浪花四溅。没有浪花的地方则被漩涡布满，紧密得一点空隙都没有。在同一时期，梵高还为那几株柏树画了几幅特写，每株柏树都哔哔剥剥如火把般燃烧得厉害，那时梵高的心境也许跟我处的时代一样颇不宁静吧。

有一次我在图书馆看到一本外国印制的世界地图，印制的时间大致在第二次世界大战结束之后不过几年，上面的“中国”与我们熟知的地图很不一样。外蒙古当然已划了出去，东北、西北与西藏虽然与中国同颜色，但总是浅些。地图上面用较小的英文写着“满洲”“东土耳其斯坦”及“西藏”等字样，可怜中国（CHINA）的英文五个字母，只放在大约从四川到东海的一片土地上。有一次我跟一位同学说，“共匪”进军西藏，怎能够算是侵略呢？自己的部队开进自己的领土啊。同学不以为然地问那该怎么说，我说如果是“共匪”的不对，谴责的该是汉族压迫藏族，不能用国际间“侵略”一词。他不置可否，转移话题说：“从哪里听来的浑话，传出去可是要命的呀！”

想不到这话还是传出去了，我当然知道是由谁讲出去的，但话已讲了，而且自己不觉得有错，就不去管其他了。没多久，导师叫我去问话。我们的导师是一位刚从师大地理系毕业不久的青年，像他这样系出名门的“大牌”老师，在我们学校很少，我们学校的教师基本上多属“杂牌军”，提起学历，多有不堪。他可能因为年轻，没见过太多的世面，跟我谈话的时候比我还紧张，说“听说”我说了些对“当前”不满意的话，他想了解一下。我把同样的话再说了一次，问他我是哪里对“当前”不满意。还问他我的话到底是对是错。他油滑得不肯正面回答，老是说高中生应专心学业，不要为管不着的事烦恼。

接着，军训教官找上我，一位尉级的“小”教官说得很不客气，说像我这样批评时政，会被逮捕入狱的。但隔了几天另一位校级的“大”教官召见我，说他听到“小”教官威胁我的事，要我不要被吓着了。他说那是对付一般人的，学校是教育人的地方，老师不会用对付一般人的方式来对付学生的，相反地，老师会想尽一切办法来保护学生。他是一片善意，但我无法了解，我有什么需要学校保护的地方。我后来知道他们一搭一唱地演双簧，其他老师也配合演这一出戏，恩威并施，费尽心机的目的是要我加入他们服务且服从的政党，而且说只要入党，以前犯的过错就都不成回事了。

这种烦恼不断，我不清楚为什么我一定要“报效党国”，而报效之途为什么一定是他们设定的，但我孤立无援。同学纷纷入党，形成一种特殊的排外气氛。他们当然不会敌视我，但他们彼此用传递眼神的方式交换着秘密，对“外面”的我逐渐显示出距离。我当然有应付的能力，不过觉得无聊得很，学校生活对我完全是浪费生命。

还好学校在偏远地区，学校还有蛮多心不在焉的老师，他们并不热衷政治，更不会为某一政党服务，其中有的程度还好，以前也读过一阵书，但当下的遭遇，让他们自觉是被世界遗忘的人，都自暴自弃得厉害。他们有的沉默无言像个呆子，有的又疯疯癫癫地成天喝酒闹事，静躁不同，都有趣得很。一个教我们历史的四川老头，据说年轻时做过和尚，也落草做过土匪，字写得极好，学校大小“颜书”，都由他写成。人家是恭楷，他则是草书，有的地方还是狂草，弄到几乎没人认得。但据闻校长护着他，校长是个懂书法的人，别人也不敢怎样。他留着大把胡子，上课讲的四川话，乡下小孩没人能懂，又纵酒使气，嘴中常说愿与天下人为敌。有次遇到一个初中学生跟他抬杠，他一气之下真的把那个初中生从窗子丢了出去，幸好教室不是楼房，被丢出去的小孩屁股一拍爬了起来，嬉皮笑脸地干脆逃课了。几个教室的学生为顽皮的小孩欢呼大叫，大胡子老师则对着窗口大骂，整个场面诡异而迷离，真让人觉得那是个不折不扣的疯狂世界。

学校大部分老师的程度其实都很坏，他们的能力根本没法“驯服”学生，然而他们都意识到自己是在一个偏僻的不知名学校任教，相信这里的学生当然也差得不得了。这种“信念”让他们在误人子弟的时候也都理直气壮地没有什么道德的压力。我有时为自己的处境感到悲愤，有时又庆幸自己在这样一个环境之下，压力虽有，自有解决之途。老师无心教学，学校混乱无比，正好提供我真正的自由。我的成绩一团糟，但我学会自我调侃，一度以为在这种学校读书成绩好才令人担忧。

当然，为我提供另一个自由又广阔地方的，就是梵高。起初只要我回到我简陋的小房间，坐在书桌边，就可以从拉克劳的麦田出发，用记忆的方式到梵高一生所走过的地方游走一遭。后来我慢慢神通广大，不须面对那张画、不须翻开画册也能走进梵高的世界，在纯粹而有些神圣意味的艺术气氛中忘记自己悲哀又荒谬的处境。

梵高后来因为癫痫引发精神错乱，不得不住进精神病院，他在住院前用刀子割去自己的一只耳朵，有人说他割耳是为了向朋友高更表示不满，不过这不是定论，哪有对别人不满却割自己耳朵的？但这事也不见得不是真的，天才总是不能用常理来判断。梵高的性格中，有一种完全不能平衡的矛盾，这种矛盾对立得过于尖锐强烈，常常造成自毁的结果，他大部分的画作其实已经透露出这个秘密。一年多后，他在几次出入精神病院之后，终于还是举枪自杀，正是这种性格杀伤力的最好说明。

梵高有许多右耳包着纱布的自画像，他割的是左耳，画里全是右耳，这是画镜中自己的缘故。他还为住过的精神病病房画了很多幅画，画中以他惯用的发亮的黄色为底色，表面平静其实仍透露出些许的不安。梵高还有一幅更令人不安的作品，就是那幅

《麦田群鸦》(*Crows in the Wheat Field*) 了。那幅画是由两个几乎是正方形相并的横式长幅构成，据说是梵高最后的作品。画的上半部是灿烂的蓝天，下半部是锦绣般的金黄色麦田，麦田中间一条弯曲的田埂小道。梵高画这幅画，用的全是粗笔，大块黄色、蓝色，颜料被他用枯笔"括"在画上。天空的线条是扭曲又虬结的，有些蓝色蓝得过深，有点像深海里的海水，又波涛汹涌的。太阳虽然很大，但被太过强烈的蓝色与金黄色逼迫，竟然变成像死面般惨淡灰白的一团。麦田黄色的线条也是同样地混乱，风十分强烈，麦子倾倒得厉害，也许看到人来，一群乌鸦从田间惊飞而起，整幅画有令人不敢逼视的气势，充满着不可言喻的命运的危机。这是梵高之路的终点，梵高走进去之后就再也没有走出来。

我的世界同样混乱，我也一度陷入孤独而危殆的情绪中，幸好我没有像梵高那样的神经质与创造力，当然也没有随之而来的自毁。我在梵高布满惊飞乌鸦的麦田徘徊了一阵子，终于又涉险若夷地走了出来。

怪力乱神

一　有关生命另一部分的事

我读初中的时候，我们把镇西郊广兴村的公墓戏称作“广兴大学”，到底是谁先这么说的，其实也莫衷一是，反正是其来有自，相演成习。人死了不说死了，而说进广兴大学去了，这使得我从少年起，“进大学”这句话就有两层意思，一个是指真的到台北去读大专，一个是指安息主怀，再也不能在世上鬼混了。

当时的社会还没筑起文明的高墙，人与自然的关系还是很密切的，哲学家说死亡是生命的一部分，而日常生活的细节中总有一部分是与死亡有关，因此大家也就不特别避讳它。我们家门前有条溪流，沿着溪流有条不是很宽的路，可以通往镇上的主要街道，小路与主要街道交会口有间打铁店，而打铁店边上又有两家棺材铺，就跟打铁店喜欢把他们做的切菜刀、开山刀以及锄头、犁、耙等作品陈列在店门口一样，棺材铺也喜欢把他们得意的成品放在大门口任人参观挑选。因为棺材体积庞大，他们在溪畔又搭起一排由铁路枕木做的支架，把一躯躯（闽南语称棺材的单位，读如“枯”）棺材整齐地斜靠在那儿，这使得我们每次上学放学，都得从成排的棺材间路过。死亡虽然有点可怕，但在我们的观念中，也不那么排斥，每个人似乎都知道，所有人生的结果只有一条，而且那个唯一的结果距离我们并不遥远。

乡下人家如果有老人家，常会让老人家在生前挑选好他们的“寿材”，其中有他们百年后驾鹤西归时穿的与戴的，当然也包括棺材等用具。有的老人会很早就准备好，寿衣、寿帽可以放在箱子里，棺材只有摆在放置祖先牌位的那间“堂屋”，因为那是家中最中央又最大的房子。我小时到一位同学家玩，在他家的堂屋一角看到一具擦拭得乌黑透亮的棺材。有一次我们躲迷藏，老是找不到那位同学，原来他躲进他祖母的棺木里面去了，而且还把棺材的盖子盖起来了呢。

我们小时候，有许多后来被认为是迷信的想法，在当时我们却坚信不疑。譬如小溪常有小孩淹死，大家都相信水鬼会拖人下水。又听说一个人淹死了，只要找到人来顶替，他就能转世投胎重新做人了，因此淹死过人的那一段水域，通常就没有人敢再到那儿游泳。但夏日炎炎，小孩很难敌过溪水的诱惑。小孩间流行着这个说法，说水鬼只要看到水牛，就不敢兴风作浪，所以我们想游泳时，总挑有牛在泡水的那个河段，水牛一下子成了游泳孩子的守护神了。现在没人会相信这些，但当时大家都是信的。泡在水里的水牛脾气好得不得了，小孩在它旁边跳水胡闹，潜泳时偶尔不小心，还会撞到它的肚皮，牛从来也不生气，独个儿在那里放松筋骨，鼻子喘着甜甜的大气，嘴巴不停地反刍着草料。后来我长大了才想到，淹死小孩的河流，不是水深就是有漩涡，而牛泡水的地方正巧是水流缓慢而且是水浅的地方，在那儿游泳，危险自然就少了。

二　叫魂

我小时候，有时会莫名其妙地发烧。发烧的人自己觉得冷，别人一摸额头，就会说怎么这么烫啊，这就表示发烧了。我一发烧，母亲与姐姐就会帮我“叫魂”，说我贪玩，在外面把魂玩掉了。这时母亲叫我在床上躺着，她跟姐姐拿着一件我的衣服，到我刚才“失魂”的河边，烧了堆纸钱，把我的衣服在火焰上绕一绕，口中念念有词，等火熄了后，就一个喊着我的名字，一个在后面应答着“回来了”，从河边慢慢走到我身边，把衣服在我头上绕一绕，再把衣服捏成团状，要我抱在怀中睡觉。一觉醒来，包准就好了。

如此屡试不爽。但我躺在床上，有时并没睡着，母亲和姐姐的一举一动，我都知道。母亲在回程时不断叫着我的名字，怪异的声音透着惊慌，尤其是姐姐代我回答，不断说“回来了回来了”。两人像演戏，又像唱双簧，荒唐得令人发笑。有时我发烧时睡着了，就不知道她们做的事，第二天醒来，发现怀中一团有烟味的衣服，就知道昨天发生过什么了。我当时确信是“叫魂”救了我，但那两天我根本没到河边玩，为什么老是认定我的灵魂是在河边丢掉的，却令我百思不得其解。

三　鬼打墙

我高一时有一位同学名叫林崇德，他成绩优秀，是学校公认的好学生，他的家因为从事与阴宅建筑有关的行业，就住在“广兴大学”附近，以古人的话说，就是位居北邙山与死人为邻了。我们有时会请他讲些有关鬼神的见闻，我们都相信以他朝夕相对的环境，一定有些与常人不同的经历，但他说其实没有什么特别的。他年少气盛，加上阳火很旺，那些不干净的东西都会避着他，所以没有什么可说的。倒是有一次他说了一个他叔父的故事，是有关“撞壁”的事。“撞壁”是闽南话，换成“国语”就是“鬼打墙”。

林崇德的叔父是堪舆师，对鬼神的事基本上都是相信的，但并不害怕，林崇德说堪舆师身上都带有一具罗盘，这具罗盘跟天主教神父身上的十字架、和尚怀里的《金刚经》功能一式一样，一拿出来，不干净的东西都会躲得远远的。有一次他叔父到林崇德家，吃晚饭时跟他爸爸喝了点小酒，天黑了还坚持要回城里，林崇德的父亲想到他的职业，就是遇到什么差错，也不会有应付不了的，就让他一个人在微醺之下走了。

想不到他叔父走出他家不久就迷糊起来，他走的道路前面分出几条小路，每条小路都很像，他选了一条，结果走着走着，前面又遇到几条分岔的小路，他又选了一条，还是走不出去。眼见不远的公路上，一班客运车开过，他知道如赶不上那班车，要回城里的家就得全靠步行了，然而越是心急，越是走不出去。这时他意识到可能“着了道”了，打算把怀里的罗盘拿出来，但手不管如何伸，就是伸不进怀里。他的职业经验告诉他遇到这类事要镇定，千万不能莽撞。他知道自己前面的“这位”颇有些本事，能阻挡他拿罗盘，绝非泛泛之辈，他就干脆在路边，找块石头坐下。心里想，你想跟我耗，我就恭敬地陪你耗一下。他从外衣口袋掏出香烟，心里暗喜，终于能掏出东西了。他做了一个向对方敬烟的手势，就划火柴点烟，想不到连划了几根，完全划不着。这时又有一阵阴风吹来，天色更暗，连分岔的小路也看不见了，他也心慌了。他坐在那儿，越坐越冷，一下子尿急，就站起来拉开裤裆，当场小便起来。想不到当他小便完毕，四周就开朗开来，他发现他就站在客运站牌附近，而最后的一班客运车，还停在站牌边好端端地等着他呢。

林崇德的结论是，遇到这类事，还是以镇定为先，鬼打墙时前面出现的路千万不要走，以免“敌人”诱我深入，越走越远，终于不能回头。林崇德又说，设计鬼打墙的鬼绝大多数并不是十恶不赦的“恶鬼”，只是逗你玩玩，并没有置人于死地的意思，你只要表示识破他的诡计，他就不见得要跟你玩下去。还有，所有的鬼跟我们人都很相像，都爱干净，他在逗你玩时，你拉屎拉尿的，他觉得无趣，就会放你走，所以记得遇到这类事，小便通常就能解厄。

“假如碰到的一个是脏鬼，屎尿都不怕，那该怎么办？”一位同学问。

“那就比较麻烦，但他设计的路你都不走，久了他不觉好玩，就会结束这场游戏。”林崇德说。

“假如碰到的鬼既不怕脏，又是穷凶极恶的厉鬼，一心想置人于死地，那该怎么办？”另位同学问。

“那就没法子了，只得凭造化的意思啦。”林崇德双手一摊，表示无能为力，他已经尽了告示的责任了，哪有用一张药方治尽天下病痛的道理！

“你叔父在那儿耗了半天，怎么客运车还会在那里等他？”起初问他的同学又问。

“鬼打墙时所遇的时间不是真实世间的时间，”林崇德停了下说，“有点像在梦中，经过了好长的一段故事，而在外面人看，也许只不过是几秒钟罢了。”大家仿佛都懂了，或许还有些不懂，只是都不再提问了。

四　阴阳眼

我的同学戴有松家在宝应宫前开饮食铺子，夏天卖冷饮，大多是刨冰之类的，冬天卖芋圆加红豆、绿豆汤，小本生意，不求大赚，维持生活没有问题。铺子原是由他父亲经营，但到戴有松读高中时，他父亲年纪大了，腿受了伤，行动有些不便，就退居幕后，店里的事大致由戴有松的姐姐负责。戴有松没课的时候，也得到店里帮忙。

戴有松的父亲据说有阴阳眼，能够看到一般人看不到的东西，这是我们早就听说的。有一天下午，我与朋友到戴有松家的铺子吃冰，那天戴有松不在，他姐姐把冰刨在分别盛着仙草及红豆的两只盘子里，端到我们面前时，就觉得大热天一股寒意袭来。小店没有电扇，电灯也没开，我们以为是冰品的缘故。但我们吃了几口，越觉寒冷，一回头发现原来在店后面更黝暗的角落，戴有松的父亲端坐在那儿，两眼紧盯着我们。也许他的一只眼睛反射着街上变化的街景，譬如汽车路过什么的，而另只眼睛却什么也没反射，让我们觉得他的眼睛仿佛真是一白一黑，那就是所谓的阴阳眼吧。我们是戴有松的同学，本来应该向他请安问好的，但当时直觉背脊发凉，没等把冰吃完就跑了。

后来我们把我们的“看法”告诉戴有松，他大笑说我们弄错了，阴阳眼并不是一眼白一眼黑，所谓阴阳眼是指他的眼睛能够看到一些属于阴间角落的事，譬如人死后的幽冥世界。但他说，这种能力有大有小，大的能看到大又多的事，小的只能浮光掠影地看到一点点别人看不到的，也没什么好稀奇，这跟有些人眼力好有些人眼力差的道理是一样的。我们紧接着问他父亲的能力到底是属于小的还是属于大的，他说应该属于中等的吧。

戴有松说这种能力大多是“天赋”，不是靠后天修炼得来，而且像他父亲，也不是生下来就有，他如一生下来就有这本事，大多会去开择日馆，做堪舆师或是与命理有关的行业，或者做庙祝、道士等，绝不会浪费他的天才在庙口靠卖冰维生。他的父亲是在四十五岁左右一次跌倒摔断腿之后才突然有这能力的。戴有松说，他父亲刚摔伤，躺在床上，邻居一位老阿婆死了，家里穷，丧事只能潦草办过。一天他父亲就看到那位阿婆走到他前面哭诉她子女不孝，说人死了只做了个头七就打算把她埋了，难道不知道人死至少有七道难关要过吗？他父亲请人去通报丧家，说老阿婆显灵的事。丧家说要做完四十九天七道超度法事的话，家里无论如何也没这个能力。第二天老阿婆又来了，说不要怕没钱，她生前在她睡的竹床与灶脚的一张竹桌里面藏了钱，应该够用。他父亲又叫人去通知丧家，结果真的在老太太睡的竹床缝隙中找到了钱，钱是用绳子扎着成卷地塞在竹床床脚中，不知道老阿婆是怎么塞进去的，在厨房的竹桌子里面，还藏有几块日本龙银呢。老夫人的丧事自然照规矩风光地办完，而戴有松父亲有阴阳眼的名声就不胫而走了。

有些东西人千方百计想要得到，但得到了，又千方百计地想摆脱。戴有松说，他父亲的阴阳眼赢得很多人的尊敬，以前的朋友，有些对他另眼相看，但也让他逐渐与人疏离，能够与幽冥相通的人总会让人心存畏惧。所以他说他父亲不多久就不大想玩了，他又说让他父亲想摆脱这个能力的最大原因还不是朋友间的疏离，而是一个更惊奇的经历。

也是与丧事有关。戴有松他们家有位在地方算是有头有脸的亲戚，家里的一位老者去世了，因为家道很好，子孝孙贤，丧礼当然办得堂皇。一天那位死去不久的老者来找戴有松的父亲，诉说他初为人鬼时的遭遇，听来令人不胜唏嘘。原来人初死会在他熟悉的世间再待些时候，不是善人立刻上天堂、恶人立刻下地狱的，原因是阴间也有公文往返的事，总会耽误些时间。这位老者利用他在世间最后的时刻，到处看看，想不到有了一些新发现，他最敬佩的一个在官场有廉洁名声的朋友，原来私藏着一笔为数极大的不法所得，而对他尽孝道把丧事办得很好的两个儿子，其实并不是他一向了解的正直而富裕，他们的经济一团糟，而男女关系更是错综复杂，弄到第三代之后的血统都有点乱了。戴有松说他父亲只能听老者拊膺切齿地说，却不知道该如何安慰他，他知道老者过些时候到了新世界就会把这些观察所得全然忘掉，而这些龌龊的事，却不幸要跟随戴有松的父亲一辈子，他还得在去亲戚家吊丧时假装什么都不知道。

“伯父有比别人更大的能力可以发现真相，不是很好吗？”一个同学问。

“世界的美丽，原来只是个假象。所谓真相，多数是丑陋不堪的。知道真相又有什么意义呢？”戴有松说，他父亲后来一直想摆脱这个能力。

“后来摆脱了吗？”我问。

“这要看天的意思，当然也须个人的意志。也许要向神明不停祈祷，要他早日把这个多余的赏赐收回去。”但他父亲不是意志很强的人，他继续说，“当能力逐渐消失的时候，又有点舍不得了，毕竟有这超能力，能洞察一些别人不知道的事，有时候还真是令人艳羡的，这是人的一点虚荣心吧。”

世事原本是复杂又矛盾的，只能用这个方式来解释他父亲的心情了。

写在沙上的

一　冬枝

这个故事不是我的亲身经历，而是很久前听人家说的，但在我们成长的年代，这类故事是屡见不鲜的。

黄阿昆（这个名字是瞎掰的）被老师叫到讲台前，问昨天规定的作文为什么没交，作文的题目是《我的未来》。黄阿昆嗫嗫嚅嚅地站着，什么也不敢说，就是敢说也说不“称透”，他不太会说“国语”，但因为胆怯，众人面前就是闽南语也说不“轮转”。要命的是当时政府要推行“国语”，禁说方言，学校到处都高悬着标语，上面写着“好国民要说国语”。几个极端分子的教师发明了一种办法，由学校制作了“我说方言”的木牌子，比绑在便当盒上蒸饭的牌子略大，用绳子圈着，每班七八面，一大早就发给今天的清洁值日生，他经过授权，只要听见同学说闽南语，就可把手中的牌子挂到那个倒霉的人身上，到下课放学，身上有牌子的人，就得负责清扫，原来的值日生就逃过一劫。这个制度十分糟糕，它把十位握有生杀牌子的值日生变成人群中的奸细，到处打听别人也许隐藏的“犯罪”事实，当然也有比较“积极”的一面，它让我们这一代人从很小的时候就洞察人性中某些幽微的残酷特性，好处是使我们面对悲惨命运时比较认命，有时如把握机会玩些花样，也许能狡猾地全身而退，倒霉的事不见得全由自己来担，譬如当牌子落到我手上时，那奸细就轮到我来做了。

不过这不是这篇短文的主题，这篇短文是说黄阿昆的故事及延伸出来的问题。黄阿昆站在讲台前，老师问他话，他一句也答不上来，还好老师知道是语言障碍，并没有责罚他。老师叫一个语言流利的学生上来，有点像“通译”的角色。下面的对话，是老师的问话与“通译”的答话，黄阿昆反而像是置身事外了。

“为什么没交作文？”

“老师，他说他不会写。”

“简单的作文，只要写自己想做什么事就可以啦。”

“可是老师，他不知道自己想做什么。”

“你也许不知道自己要做什么，你父亲和家人希望你以后做什么，也可以写呀！”

黄阿昆低头想了想，授意“通译”说：

“他爸爸要他以后做冬枝。”

“冬枝，”老师惊讶地说，“什么是冬枝？”

“老师，我可不可以说方言？”

老师点头，“通译”就用闽南语说：

“就是童乩啦！”闽南语把乩童颠倒念成童乩，就成了“冬枝”了。“通译”又开始说：

“老师，他爸爸现在在庙里做冬枝，希望他以后也做冬枝……”

故事如何结束的，大家都不记得，只知道从此之后，黄阿昆的绰号就成“冬枝”了。

我以前在一所私立大学任过教，后来我到我现在服务的学校教书，在那所大学，还兼着一门课。那所大学中文系后来请了一位女助教，名叫吴春枝，她多礼又和善，只要看到人，即使她双手正在忙着，脸上也能堆满笑容招呼你，真亲切不过。有一天，我坐在休息室，她端来一杯亲自冲泡的咖啡，我问她有没有妹妹，她说她是家里最小的，所以没有妹妹，但她不明白我为何问她这个问题。我说：“你如果有妹妹，你叫春枝，妹妹该不会叫作冬枝吧！”她不知所对。我真是莫名其妙，问这个傻问题，她真的有妹妹，按照顺序，也该是夏枝、秋枝之类的，怎么会突然跑出冬枝来！我本想趁机说一个笑话的，但没有说成，我有些懊恼。我问的其实不是问题，我也没央求她或任何人解答，我只是陷入一种很难喻之于怀的回忆之中。那回忆，混乱而嘈杂，焦点总是不清楚，但那种记忆，是只有我们这一代的人才会有的。回想起来，有一点点甜，也有一点好笑，但整个感觉则空虚得像一个气泡。

二　诸葛大名垂宇宙

林乌丢这名字还真奇怪，哪有为人父母会为儿子取这样名字的？但我小时候，周围很多这类的名字。譬如小学时有一同学叫“乞食”，还有两个女生，一个叫“罔市”、一个叫“罔腰”。最多的是在名字中带“阿”，譬如男的叫阿螺、阿狗，女的叫阿雀、阿桃。我读初中时，我们宜兰县长就叫甘阿炎，罗东镇民代表会议长叫洪阿碰，我有他们发的奖状，上面留着他们的大名，直到我读大学，一场台风把所有的证据都毁了，但我还是记得的。

林乌丢是我读初中时低我一年级的同学，当时还没有像学弟这类的名词，如有我就会这样叫他了。我原来不认识他，但他跟我一样住在当地人称“南门港”的一条小溪的上游，同属小镇边陲的成功里，我升初二时，早上上学常遇见这个个子比我矮但制服比我新的同校学生。

当时，初中规定要穿童子军制服。我们学校的童子军教练是个受过短期日本教育的台湾人，信仰法西斯，在他的观念里，学校教育的目的是训练学生服从、服从、服从。正好当年台湾也在搞“党国一体”的威权统治，这位要求学生绝对服从的童军教练，虽然学识甚浅，连“惭愧”两字都会念成“见鬼”，却大红大紫地风光过。他规定所有初中部的学生都得穿着正式的童军服，必须戴大盘帽，脖子上扎可以作急救绷带的大方领巾，男生绿色，女生白底红线，胸章、肩章、小队徽一个也不能少，腰带是反扣的环状头皮带，上面铸有凸起的“中国童子军”字样，中间是百合花的童军徽章。童军教练每天早上站在校门口检查服装，不合规定的要你在门口罚站，必须像签下切结书般答应他明天穿戴整齐，他才暂时通融你进教室，学生偶有顶嘴的，他不但怒目相向，有时还饱以老拳，这使得每个学生都视上学为畏途。

我最早发现这位低我一班的“小友”，是因为他每天站在转往学校正门的复兴路的一个街角，一个一个细点他身上的配件，看看有没佩戴整齐，显得紧张得不得了。

后来我知道他叫林乌丢。但曾听到他同学叫他“林乌去”，后来我知道他们班上大部分人开始都这样叫他，大约乡下学生根本不认识“丢”这个字，有次我听他不断地小声订正说：“是‘丢’了，是‘丢’了。”

因为不是同班，也不是同年级，我与他并没有什么交往。他的家庭似乎是务农，好像还养了牛，在乡下应该还算不错的家境，家人邻里都叫他阿丢。我之比较注意他，还是他那个怎么说都算有些奇怪的名字。有一次我问他，他也不明就里，他问他爸爸，他爸爸识字不多，也不知道究竟什么意思，只是说这名字是自己的父亲也就是阿丢的祖父取的。后来一个机缘，我现在完全忘了那机缘是什么，我终于知道阿丢的祖父在日据时代是个当时社会罕见的知识分子，曾经做过小镇的小学教师，大约在第二次世界大战的末期因病死了。现在可以断定的是阿丢出生后祖父才死的，因为他为这个孙儿取了名字，但为什么把孙子叫成阿丢，写成乌丢，又是个谜了。

我在台北读完大学，有一次回乡参加一个同学会，虽然是高中的同学会，但其中有几个也是初中时期的同学。会后大家天南地北地聊起以前的种种趣事，不知道什么原因，竟然谈起乡下那些土里土气的名字，“林乌丢”也蹦了出来。其中一位高中毕业后一直没有离乡的同学说：“真是误会一场呀！”我们问他指的什么，他说：“你们知道那个林乌丢为什么叫林乌丢吗？他祖父原来给他取的名字叫林宇宙，根本不是什么林乌丢。他生下后，祖父死了，日本随即战败，国民政府来了，要大家报户口，办户口登记的不巧是外省人，就问小孩叫什么，家里人用闽南语说林宇宙，就成了林乌丢了，因为闽南语的宇宙真的就念成乌丢呀！”终于真相大白。林乌丢当时还小，自然无须负责，这不能怪那位外省户籍员，你说的明明是林乌丢嘛，也不能怪林乌丢的父亲，他原本就识字不多，根本不知道把宇宙写成乌丢有什么不对。

后来一长段时间，我对林乌丢的祖父总怀着特殊的敬佩之心，试想在那险恶的生存环境中，粮食补给极端匮乏的时代，天上还不时有美军轰炸机飞过呢，这位乡镇教师却浪漫地在思考人与宇宙。他可能知道尼采，读过他的《查拉图斯特拉如是说》，他也许自忖做不成顶天立地的超人，但他期许这个孙子能在浩瀚的宇宙中做一个坚强又独立的勇者，为他取名宇宙。但上天竟开了个大大的玩笑，那个像天神宙斯般宏大有气魄的名字，最后变成了乌鸦一样的“乌”、把废物丢弃的“丢”了。

自从初中毕业后就不记得再见过林乌丢了。我毕竟与他不同年级，只记得他还是初一学生的时候，一个人瑟缩在转往学校大门复兴路的街角，不安地检查身上的童军配件的模样。他后来有没有升学高中？如果升学，是不是与我一样进入自己母校的高中就读？这我一点都没印象了。我后来知道人民有权更正不雅名字，只要到户政机关办简单的手续就可以办成，不知道他是不是把名字改过了，或者“恢复”了他祖父为他取的堂皇的名字。往事如烟，许多少年时代发生的事，如果不去特别想它，就像根本没发生过一样。

詹国风

詹国雄是我的同学中最天高日暖的一个，他成天嘻嘻哈哈的，是个典型的开心果。记得读初三的时候，有个乱哄哄的下午，一个同学鬼鬼祟祟地跑来问我要不要看“女阴”。我一时回不过神来，他说：“就是女人的那东西呀！”我还没有搭腔，他又说：“詹国雄身上有。”就忙牵着我冲进一群男生围成的圈子，詹国雄在圈子中央，他撩起上衣，腆着肚子，用两个拳头挤压肚脐两边的皮肉，形成一条垂直的褶皱，扬首四顾，不断问周围的人说：“像不像？像不像？”大家因此哄笑不已，这就是詹国雄，有点小聪明，但随时不忘要宝取乐。

但后来每当提起他，我总有些犹豫不决，不知道该叫他詹国雄还是詹国风。原因是他跟我同学的时候，无论是小学、初中还是高中时，都叫作詹国雄。高中毕业后，他没有继续升学，一次到台北来，他夤缘到电视公司打工，被一位导演相中，要他担任一部电视剧的配角，但条件是他必须改名，理由是台湾人名字叫国雄的，没有五百万也有四百万，要想成“名”难上加难。其次，他这“詹国雄”三字以笔画来算是不适合在影剧娱乐界发展的，再加上帮他算了算流年，他三十岁后会十分不顺，还可能有牢狱之灾，必须用改名来消灾解厄。想不到他遇到的这位大导演，还是一位深通命理的大哲学家呢。他随即二话不说，遵照大师的指示把名字改成“詹国风”了。

詹国风并不是个艺名，他是到区公所真的把名字给改了。一次同学会见面他告诫我们，此后得叫他新名，否则他夭寿，也顺带让叫他“国雄”的夭寿，所以知道的人以后都叫他詹国风了。但每次总有不知典故的人，还是“国雄”“国雄”地叫他，那也没办法，是从小叫惯了的呀！

詹国雄，啊不，詹国风与我渊源最深，我小学刚上四年级的时候，由比较靠海边的“五结国校”转学到城里的“罗东国校”，他也是那时刚从外校转来，当时人都特别欺生，我们两人被逼到墙角，只得联合起来对抗。他比我矮，但力气大，又勇猛无比。一次，他把几个围我们的人都推倒成狗吃屎的模样，“敌人”就对我们另眼相看，严格说来是对他另眼相看，顺便也使我这同样属于外来的人受惠，我们就成了好朋友。

但四年级结束，我因家庭因素又转学，我们的友谊便中断了。其间有一次，我回原来学校去玩，在一个班级板报栏上看到他写的一篇短文，题目是《我的好朋友》，里面提到的名字竟然是我，我当时真高兴得不得了，很想去找他致谢呢，但没有真的去找，此后我们就断了音讯。

直到初三的时候，我们又鬼使神差般地同班了，初三时的他，个子还是矮，但上围十分发达。他如脱去上衣，两手握拳，一拳向前，一拳置于腰后，肩膀微倾，肌肉贲张，就能展现健美先生的姿态，但不幸的是他个子实在太矮，要想在那一行发展是不可能的。他也知道，总是怨叹自己练双杠举重练得太早，把身体压住了长不高。但我见过他家人，包括他的父母与妹妹，都住在菜市场肉案子后面的一间狭隘的小楼上，他父亲比较瘦，而母亲与妹妹都是圆脸且胖乎乎的，他与他母亲及妹妹，三人像一个模子倒出来般，就知道身高是天生的，他现在的个儿，根本不是练什么举重的缘故。

他有个极为特殊的才干，他父母都是道地的本地人，家里都说闽南话，但他却能说字正腔圆的“国语”，能把卷舌音与儿化韵分得十分清楚，这本事不要说是本省人没有，外省同学也很少有人能办到。再加上他喜欢模仿大人物说话，有时候学长官训话，装腔作态却铿锵有声，有时候又学《少年维特的烦恼》里面诗人的语气，夸张地运用形容词与副词，明明是“好”，偏要说成“令人惊讶的美好”，看到一个女人，非说成“她婀娜地用洛神凌波微步的方式款款地向我走来”，并且告诉我句中的“地”字要念成“的”，把原来通顺的句子硬变成拗口的翻译腔文学，我真服了他。他的这分才干，竟为自己与学校赢得荣誉，屡屡代表学校参加演讲比赛获奖。他成了个红人。

他还有音乐的天才。他不会什么乐器，五线谱与乐理也概不知晓，他只会唱歌。他音色很亮，还能唱别人唱不上的高音，一般人唱歌，唱到 C 调的高音 Mi 就唱不怎么上去，而他唱到 So 或 La 都还游刃有余似的，有这本事，他便成了我们学校有名的男高音了。他记谱很慢，旋律、节拍常常出错，但只要唱熟了，加些卖弄，就也能表现出歌唱家的味道了。这点与过世的男高音帕瓦罗蒂（Luciano Pavarotti，1931—2007）很像，杰出的男高音，经常唱的也就是几首歌而已。

高三的时候，我跟他又同班，学校临时组了个合唱团，目的是两个月后参加县里的音乐比赛，我跟詹国雄几个人也被“抓夫”般地抓进团里。一个新来的男性音乐教师很有雄心，不知从哪里搬来了一大叠乐谱，封面写着《大禹治水》，硬把我们分成男女混声四部，每天放学过后就留校训练起来。《大禹治水》是部气魄很大的合唱曲，我已忘了是谁作的，为了表现洪水惊人，光在序曲上，就有一段钢琴的亮丽演出，钢琴的八十八个键，好像全给用上了。我一度怀疑这位新来的男性音乐教师，是为了找机会施展琴艺而特别组织合唱团的。

但合唱团的程度实在不好，又加上是一时拼凑成的，没什么默契可言，一个个像散兵游勇般单打独斗。詹国雄当然被“任命”担任大禹的角色，而班上一位女同学，因为能唱女高音，就唱那倒霉的大禹夫人，新婚不过三天就被夫婿抛在脑后，此后丈夫十三年在外，三过其门而不入，对这位女同学而言，她担任的角色真太悲惨了。我们几个男生总在其间调笑不已，练唱后常问詹国雄，你大禹每天在外治水，就算身体是铁打的，心里不会枯燥寂寞吗？他说不会不会，水主阴，阴就是女人，我十三年“治”尽天下九洲的女人，还会寂寞吗？我们问话不正经，他的答话更不正经，所有话里，都带着色欲的成分，那年龄的男生，大概都一个样儿吧。

就这样胡凑胡练，两个月后也搞出一些模样了，校长在“验收”成果的时候把我们夸奖了一番，还用“独乐乐不如众乐乐”的古训勉励我们。训导主任是个山东人，参加过青年军，说直让他想起抗战时唱“热血滔滔”的大合唱。但参加县里比赛，还是败下阵来，输给只有女声两部的兰阳女中，大家都不服气，几个女生还哭了起来，但一回来，也就嘻嘻哈哈地忘了，只怪詹国雄花心没把水“治”成，谁要他说“治水就是治女人”呢！

因为“功能性”消失，合唱团就解散了。但我们几个人唱歌的热忱被激发了起来。正巧镇上戏院刚演过一部由男高音马里奥·兰扎（Mario Lanza，1921—1959）主唱的好莱坞电影《学生王子》（据说这部片子原先是找马里奥·兰扎主唱又主演的，但等剧本写好，小马因为好吃又好饮变成个大胖子，就让另一个英俊男星主演，小马改为幕后主唱了）。马里奥·兰扎的歌声实在好，再加上片子是在海德堡大学拍的，那儿的景色优美，这位电影中的“王子”就成了大家的偶像。《学生王子》里的歌大部分是情歌，不像歌剧里的歌曲，夸张音域与音色，片子里的歌，都还适合一般人的嗓子，所以才能流行。我记得其中有首叫 *Beloved* 的情歌，最后几句是：Summer or spring，Winter or fall，You are my life，my love，my all。由于词义浅显、曲调优美、朗朗上口，弄到每个人都爱唱，连女生都不例外。不过女生唱的是原版，而男生常常把歌词中的“life”改成“wife”来唱。

到当年年底快近的时候，一次詹国雄问我是否有兴趣参加天主教的合唱团，在圣诞节子夜弥撒中演唱。我问他是否参加，他说他已答应一位神父参加演唱，那我也就决定参加了。我又建议再次“抓夫”，把“大禹夫人”及其他几个合唱团的成员也找进来。

詹国雄与天主教会为什么有关联呢？这又说来话长了，这件事要从詹国雄的父亲说起。罗东有家圣母医院，规模很是不小，在地方颇有名气。创立这家医院的是天主教灵医会。灵医会的神父、修士清一色都是意大利人，他们都穿着黑色的袍子，胸口左侧缝着一个大红的十字架。詹国雄的父亲，原来在一个基督教会里头打杂。当时社会对信洋教的人是不太看得起的，问人信什么教，常说成你“吃”的是什么教呀？因为早年美国民间对台湾的救援物资常通过教会分发，其中有奶粉及牛油等，到教堂礼拜后就有这些东西可领，所以说“吃”教并没什么不对，只是有点刻薄。詹国雄父亲可能看天主教的福利更好，就转而“吃”天主教了，这在当时是很普遍的，反正信的是耶稣，都是拿十字架，连《圣经》也是黑皮书，里面也好像一模一样呢。由于父亲在天主教堂工作，詹国雄跟那里的神父、修士混得熟也就顺理成章了。

负责训练我们合唱的是一位修士，大家叫他马修士。合唱团里的成员，不仅是我们几个毛孩子而已，还有神父、修士与修女，都是灵医会的干部。他们的音色与音乐的素养，是我们不能望其项背的，我们在那儿也确实学了不少。圣诞子夜弥撒中唱的大弥撒曲规模很大，歌词是拉丁文，音乐部分不论是旋律还是和声，真正庄严美丽又气象万千，当管风琴铺天盖地响起时，把教堂的嵌花玻璃窗都震得咯咯作响。结尾的时候，男声二部先唱，女声随即跟着唱：

Kyrie eleson!

Christe eleson!

Kyrie eleson!

Christe eleson!

应答反复，后来四部混声，管风琴像大风样磅礴，像海涛样翻转，最后人声、器乐合而为一。才知道对于声音的了解，西方人真比中国人高明多了，拿我们曾经自命不凡过的《大禹治水》跟它比，相差之远，真是不能以道里计的。

唱完子夜弥撒曲，接着兴奋了好几天。过完元旦不久就放寒假了，寒假后，有些人准备考大学，有些人准备就业，各忙各的，高中还没毕业，已有“星散”的味道。詹国雄没有升学，是家境或成绩的原因，我已记不得了，他后来选择在影剧娱乐界发展，不久又改名为詹国风，前面已经说过，就不再赘述。我继续升学，当然生命的道路是与他不同的，因此我们就越走越远，有时好几年也难得见一次面，但童年时相投的气味仍然在，见得面后，几句话就听他嬉笑怒骂了起来，看到他从不会有陌生的感觉。

高中毕业大约三十年后，一次同学的子女结婚，宴席中见到他，他已显出些许老态。我赶忙拉他到一角，问他近况，这时，也有几个老同学挤了过来，他依然嬉皮笑脸的，不改以往爱说笑的个性。他说他多年的婚姻已告结束，现在是自由又放荡的单身贵族，要他到哪儿去“治水”都没有问题。又说他现在在一海滩做教人浮潜游乐的生意，一季赚的钱，足供一年花用。又说他决心做这行生意，除了混饭吃之外，海滩上尽是可餐的秀色才是主要原因，哈哈……讲了那么多话，还是言不及义，我懒得听下去，便回到原位坐了下来。

一个我们都熟识的少年时的友人也在我旁边坐下，他轻声问我说：“你听过詹国雄的事吗？”我问怎么了，他说：“听他说得神气，其实他很惨。生意失败了很多次，欠了一屁股债，几个老同学都被连累了，他自己也几乎被抓进去关了呢。老婆早就跑了，现在一个人在苗栗通宵看沙滩。”

他以前老喜欢叙述他在电视台风光的日子，吃香喝辣，成天与名人周旋，但事实往往与他说的相差很远。我知道他曾经在“国语”电视剧上演出过，但都是插科打诨的小角色，从来没看他演过主角。这并不是因为他没有才华，而是他的身材太矮，脸又太圆太胖，不是“性格小生”的料，做演员，身材、脸孔还是决定一切的。他后来转而专演闽南语电视剧，不过也没转出太大的名堂，成天穿着店小二的戏服，帮人端菜端酒，与他对手的，不出阿匹婆、矮仔财、戽斗之类的谐星。三十年前，为了追求那个光鲜亮丽的世界，他还特别改了个名字，想不到结局还是如此。

每个人看起来都是独立的个体，像行星与陨石般散布在宇宙的各个角落，各走各的路，互不相属。但这个独立的个体，从另个角度看，其实也没那么独立，命运像看不见的磁场，往往还是决定人生的最大因素。我突然想起司马迁在《伯夷列传》中引贾谊的话说："贪夫徇财，烈士徇名，夸者死权，众庶冯生。"意思是：贪夫因求财而死，烈士为求名而死，喜权势者因追求权势而死，而一般人呢，就凭借着生存的本能而生，等到命尽了也就死了，无声无臭的，一切都由命运来摆布。接受命运摆布的，不只是"众庶"而已，贪夫、烈士、夸者也都是。韩信被吕后斩杀之前，叹息说："吾悔不用蒯通之计，乃为尔女子所诈，岂非天哉！"韩信绝对是英雄人物，但再伟大的英雄也战胜不了命运，所以在临终时只有大声呼天了。

他完全不知道我在想什么，与那群同学聊完，他热忱地把手拢在我肩上，在我另一边坐下。他制造了满座轰然的热闹情绪，然后举杯敬酒，一饮而尽，连续喝了好几大杯，快乐得不得了，好像当晚嫁女儿的是他一样。

从那次以后，我再也没有他的消息。

魏黄灶

小镇宝应宫附近有家“小店”，招牌上写着主要业务为命相、择日、命名、地理四项，下面写着“菜瓜师”三个大字。

这“菜瓜师”三字现在由我高中的同学继承，他名叫魏黄灶。照理来说，他是菜瓜师的第五代传人，用西方贵族世袭的方式可以叫他作“菜瓜师五世”，或直接叫他“菜瓜师”才对，但他或许是谦虚，或许是认为“菜瓜师”这三字不雅，并不允许别人叫他“菜瓜师”，只表示自己继承这块招牌，也继承这块招牌下的业务罢了，他仍然只叫魏黄灶。

但小镇的人哪管得那许多，“菜瓜师”就是“菜瓜师”，管他是祖宗还是后代，合婚办喜事要选日子，生了孩子要取名字，人入土要看风水，不找“菜瓜师”找谁？明明他是魏黄灶，大家还是不管人前人后地只叫他“菜瓜师”，叫久了，谁也改不过来，魏黄灶走在路上，一听到后面有人在叫“菜瓜师”，他自然也会回过头来。

据乡下人说，“菜瓜师”的第一代元祖是从福建泉州来的一个青年，当时台湾还没割让给日本。他在家乡时读了点书，渡台后在台北各地浪迹过，但一无所成，终于跑到这个东部小镇，落脚在一家卖菜瓜及其他菜蔬的小店打杂。当时大家都叫这家小店作“菜瓜店”，小店旁还有几家棺材铺。菜瓜店老板家迁台已久，在小镇算是大家族，但自己家人口单薄，只一个女儿，老板看这位青年老实，就把女儿嫁给了他，不过约定以后如生了两个男丁，一个跟父亲姓，一个得跟母亲姓。一天菜瓜店的老板死了，由于只有这个泉州人识字，丧事大小包括买棺木、选日子等都由他全权处置，结果一切调停安妥，赢得大家赞许。而菜瓜店隔壁有几家棺材铺，来此选购寿木的丧家需要各项指点与安排，那些“业务”就逐渐落到他头上，慢慢地，这菜瓜店出身的师傅不再卖菜瓜，“菜瓜师”的名号也不胫而走了。

“菜瓜师”成名之后并不忘本，因为后来只一个儿子，就要儿子一肩双挑，把父母的姓合在一块，从此就姓魏黄了。原来我这位同学魏黄灶不是姓魏名黄灶，而是姓魏黄单名叫作灶，这是我在高三时一次与他聊天后才知道的。

魏黄家从此步入坦途，安康度日。但因“菜瓜师”的业务范围包括命相一类，其实不论择日、命名、算风水，都多少跟命理扯上些关系，一扯上关系，就有透露天机之嫌，这在个人运势上就是忌讳了。细看有名的命相师，常能帮别人指点迷津，让人逢凶化吉，而自己的遭遇都不会太好，尤其在子嗣上，有的就此断了代，有的有后但缺男丁，像“菜瓜师”这样五叶相传，就算每代都是单传，也是该行业极少见到的事。一次我听人说，这一方面是仰仗祖宗的庇佑，另一方面得靠自己广结善缘、勤种福田，始以致之。

命相师的广结善缘与一般人的广结善缘还有不同，命相师的广结善缘尚包括在明察天机的时候要节制，明明知道十分，说出的时候最多不要超过一分，因为宣泄过尽就有碍天道运行了，这是为什么听命相师说话，总觉得四面风八面堵似的老是抓不住方向的原因。譬如就算看到索命鬼在旁边，也不能告诉对方马上要死了，当然像这类生死大事，命相师就算是参透全局，对之也都是无可奈何的，只能苦口劝对方，最好改走他路试试，通常对方不会改，就是改了，也因为太仓促而无效。总之命相师知道命运之所以为命运，绝大部分是要对之遵行不逾的，小部分或无关紧要之处也许可以帮他动一动，但也要谨守分际不要动得太多，以免扰乱了上天为世间定下的规矩。这里一定要节制小心，否则就成“逆天”了，孔子说的“畏天命”，就是指此而言。

魏黄家到了他祖父时才迁居到现在宝应宫旁的现址，原址的几家棺材铺在他迁居时还在，但他祖父早想与它们脱离关系。“菜瓜师”发迹的营业是择日与风水，店开在棺材铺旁边，当然有接不完的“生意”，但这也形成了局限。因为请他看风水的如果多是看阴宅墓地的丧家，那看阳宅的就不太会来找他了，任何人都会避免晦气的呀！在择日上面也是一样的，安排出殡丧葬事务多了，有吉庆事的人就不会光临。慢慢地魏黄灶的祖父发现他的营业主项，竟跟葬仪社所做的没有两样了，古人说有一得必有一失，真不我欺呢。他就下决心搬走，打算换个地方来改换门楣重启新运。

迁到新址的“菜瓜师”果然摆脱了以往的“阴”影，而朝向自以为最得手的择日、命名这方向发展，结果也大有收获。魏黄灶告诉我，在极盛的时候，小镇有头有脸家的小孩有近一半的名字是他们取的，在他祖父与父亲的时代，一般台湾人不但要取汉名还要取日本名，这使得他们的业务忙得不可开交。

我们读高中的时候，魏黄灶的成绩不是很出色，团体活动也不太参与，因此也就不太有人注意他，但一毕业，他就令人刮目相看，因为他毕业还没一个月就结婚了，他当然没再升学。后来一次聚会大家忽然记起来，高三寒假前，教官带班上同学到冬山靶场打靶，打靶结束，我们几个同学跑到附近的庙宇抽签，打算问问毕业后的前程，其中也有魏黄灶。每人的签语都不同，当时没人当回事，事后也都嘻嘻哈哈地给忘了，但记得魏黄灶求的签语中有“妻儿鼓腹乐团圆”的句子，那时他还被人取笑了一顿，想不到没满一年就得到应验。隔年后的寒假，我们在外地读书的同学回乡，“大一”才读一半呢，他就喜获麟儿了。

他之提早结婚生子，是因为他父亲生他已是五十出头，魏黄灶毕业时他父亲已七十岁，这行业的人最为子嗣担忧，所以他结了婚而且快速得男，确实是“菜瓜师”家族的天大喜事。汤饼宴时，整条街都排满酒席，车辆都得改道，热闹得不得了。我们班上同学都去了，当时魏黄灶发下豪语，说每年这时候都由他来主持同学会，吃的喝的都由他负责，他父亲也在旁边拍胸脯保证，反正那天气氛热烈极了。但后来这个许诺并未兑现，不要说每年的同学会不见举行，十年后同学会在母校举办的时候，人几乎都到齐了，却独缺魏黄灶一人。

再过了几年，我回小镇，被几个同学拉去参加了一个聚会，会上不期而遇地见到魏黄灶。他已变得难以认识，也只不过三十多岁，却成了个秃头没脖子的胖汉。最不可思议的是还腆了个大肚皮，笑着说连皮带都快买不到了。我问他上次为何没参加同学会，他文绉绉地跟我说是“丁忧”。我问：“是老太爷吗？”他点点头，我跟他表示歉意，起初还有点责怪的意思就一扫而空了。

后来我知道，大部分还留在小镇的同学是常常聚会的，不见得要用同学会的名称与形式。有几个同学跟我反映，说魏黄灶说话，十句里面总有一两句让人搞不懂，譬如他刚才跟我说的“丁忧”，他们就不知道是什么意思，我告诉他们典故。魏黄灶为他的“业务”需要，要不时查考古书，有关命相阴阳的书多为文言写成，看久了，他的语汇中就掺杂了不少文言用语，只有我们中文系出身的才能了解，以致让人觉得他与我都是“今之古人”了。

久坐之后，话题不知怎地转成讨论取名字的事了，也许正因有魏黄灶在座的缘故。一个同学问魏黄灶，取名字的诀窍就是算笔画吗？因为一般姓名学书上都是如此写的。魏黄灶说算笔画数不是诀窍，但数目都跟阴阳有关，不只与阴阳有关，甚至每个数字都有五行的属性，这些事在《大易衍义》这本书上都有。他说起《大易衍义》书名的时候还特别看了看我。他说数字也是要注意的，不过不是最主要的项目，他说：

“最主要的项目是阴阳调和，所以先要知道人的命格，才能在取名上做各方面调处。人是有命格的，西方人也由星座来判断人的人格特性，譬如狮子座的人勇猛精进、处女座的人内向保守，取名字就是要基于他的人格特性，为他截长补短。这里还有一个意思，就是所有事都不能一概而论，如果抛开命格来讨论名字，都是没有意义的。”

“你是说像姓名学上说的什么名字好、什么名字坏，都不能成立吗？”

“书上写的，不见得错，但如果只照着上面笔画数来命名，就会出问题，西洋人说一个人的补品，往往是另一个人的毒药。同样道理，一个人的好名字，别人用就不见得好，有些还是大凶，不然你为自己小孩取名叫‘蒋介石’‘毛泽东’试试，看看有什么结果？”

“会有什么结果？”一位同学问。

“这两个名字对蒋介石与毛泽东本人而言，是他们有大局势的命格足以当之，别人用，就会给压得不死即伤，是个大凶的名字。命相学上有偏锋取胜的说法，要想偏锋取胜，也得有本钱，你不知道历史有扶不起的阿斗的故事吗？阿斗同样姓刘，但没命做皇帝，勉强做只有亡国一途。”

“刚才你说取名要截长补短，要怎样才算截长补短呢？”另一同学问。

“这事太复杂，不是一两句说得完的。”魏黄灶说，“譬如先天命中欠金，在命名的时候可以帮他补一些金，取带有金字偏旁的字就很好。同样地，欠水的，就用水字偏旁的字，但也不是一概而论。这有点像中医，心火过旺，不见得要从减薪灭火那方面做，高明的中医往往会从补肾方面着手，因为肾主水，肾水足了，野火即使再旺也不至于燎原，这种医疗方式，有点像武术上的隔山打虎，运用的原理则是《易经》上说的阴阳相需、刚柔并济。不过这话说起来简单，运用起来却不是那么顺手的，需要不断地观察学习，并且从生活中体验。”

“你叫魏黄灶，是不是你命中缺火又缺土呢？”

“你说得对，但不是完全对。”魏黄灶沉吟了会儿，说出他名字的故事。他说自从他高祖创业以来，就为后人立下了取名的“名谱”，因为他家从曾祖之后都姓魏黄的复姓，只得取单名，高祖为后人排名谱只列了一行字，每字的偏旁不同，那一辈取名就得取与所列偏旁相同的字，所以他们家论辈分，是看单名的偏旁，不过祖先设计也许周密，用处却有限，因为五叶都是单传的缘故。轮到魏黄灶这一辈该用“宇”字，由于魏黄灶是第五代的长子，后面也没弟弟，所以他一定得取名为魏黄宇，这是祖宗决定好的，几乎没有讨论的余地。

然而魏黄灶自出生后就大病小病不断，小命几度从鬼门关抢回，寻遍名医，也找不出原因。某个深夜，魏黄灶的父亲在床上突然想起《论语》里的一句：“名不正则言不顺。”憬悟到该不是名字出了问题吧，起来卜卦，居然得一“复”卦，分明要人再次考虑的意思。魏黄灶的父亲一天在祭祖时把疑问提了出来，果然晚上魏黄灶的高祖就托梦显灵，说没想到这孙儿命中积欠过多，无法承担这么大的名号。宇字代表天，原本至高无上，但于字上面有顶帽子，这顶帽子，得要有命格的人才能撑戴得起，没命格的人，会被它压得死死的，甚至可能连命都保不住呢。细看这孙子，五行缺火又缺土的，就给他改名叫灶好了，至少能够保住小命。结果改名之后，他就没病了，终于好端端地活了下来。“哪只活下来，”一个同学开玩笑说，“还成了个大肥猪呢！”

回想那次谈话，已经是三十年前的事了，那次相聚后，我们就再也没见过。回乡时总会在同学那儿零零碎碎地听到一些有关他的消息，譬如他唯一的男孩已经长大，原则上可以继承他的行业了，但第六代的“菜瓜师”高中毕业后到台北读书，读的是电机之类的，在工厂发展顺利，不想待在家里，面对魏黄灶要他继承祖业，就显出“忠孝不能两全”的困扰。

一次清明前后的某天，我路过镇上宝应宫时遇见了魏黄灶，他还认得出我来，请我到他附近的店里小坐。这店在我们高中毕业时堂皇得很，现在却一半租给了草药店，留下的一半也灰暗老旧。他本来就胖，现在更显出衰颓的样貌，呼吸时不断喘着气，胖子特别容易显老。他把大茶壶里的冷茶倒一杯出来，要我喝茶，自己就对着壶嘴喝了起来。我问他营业还好吗，他摇着头微笑着说：“有一件没一件地混着做，多数是人情的缘故。”停了一会儿，他又说：“好在现在相信这套的人越来越少了，我跟我儿子说，你就留在工厂，不必想继承的事，等我死了之后，这行业就不可能存在了！”

他说完，眼睛看着外面。正逢黄昏上下班的时候，就是小镇，路上的汽车、摩托车也是接踵连绵的，噪音很大，一时之间我心里也乱了起来，我说我还有事，就与他告别，我走之前，一直没动那杯茶。他仍对着大街发呆，一副心不在焉的样子，他的心情我能体会，但那时候我突然变得词穷，面对眼前的一切，似乎一句话也说不上来。

空山松子落

我初二因留级到了一个新班级，遭受同学的轻视与稍带敌视的对待，当时我的心情真如寒天饮冰，难受极了。第一个对我展现友好的是班上的尤金祝，一天他带来几张当时很风行的《小说报》，看我在注意他，突然转头轻声问我要不要看，为了鼓励我，他说他家里还有很多本，要想看一下子也看不完，我在他半坚持之下，就留下了那份《小说报》。《小说报》是份专门刊登小说的刊物，取名为报，根本没有新闻，全“报”半开印刷，看小说长短决定张数，最少两大张，最多可达四大张，一大张有四版，两大张就有八版，当时印刷物字体都小，八版足以刊登一篇中篇小说了。

《小说报》刊登的大多是所谓的“言情”小说，有时为填补空隙，会在文中插图，以彩色印刷，在当时算是新颖，很受一般读者欢迎。我在留级之前，从未读过小说（读故事书不算），之前我喜欢阅读有关天文及地理方面的书，图书馆里谈天象行星的书都被我借出来过。我很早就知道有一天太阳会膨胀到把它所有的行星都融化，而成为它的一部分，到时世界又回到混沌的原始起点，那时候的整个太阳系会变成一个巨大的“红巨星”，后来红巨星逐渐冷却缩小，最后把所有的质量浓缩成一个极小的物体，隐藏在广袤的宇宙间，就成了个能把所有磁场与光线都扭曲的“黑洞”了。我的少年时代读了很多这类书籍，这使得我比同年的人在思想与情绪上都低沉些。同时我还喜欢看介绍地理沿革的书，特别爱读游记，我看过的书其实不少，就是没有读过小说，尤金祝借我的《小说报》算是开了我另一个阅读世界的眼界。

尤金祝家境很好，这是我看完了他带来的《小说报》之后，他问我要不要继续借阅，并带我到他家去挑选时才知道的。他的父母都是医师，父亲在一个偏远乡村做卫生所主任，母亲则在镇内的一家医院做专科医师。他家住在镇上一条很幽静的街上，是租来的，尤金祝说他们老家在礁溪。

他们租的房子是一幢两层楼房的二楼，挑高很高，窗明几净的，让人看了就欢喜。尤金祝的母亲十分和蔼，看到她儿子的同学都笑容相待，还常常拿食物给我们吃。尤金祝有一个哥哥、两个妹妹，混熟了后，都对我很亲切。他哥哥名叫尤金禄，在宜兰省中读高中，长得十分娟秀，比较像个女孩子，他有项绝技是画肖像，他喜欢在很小的素描本子上用特殊的蘸水钢笔画电影明星。他画的明星大多我不认识，少数认得的男星有洛克·哈德森、马龙·白兰度、詹姆斯·迪恩等，女星有伊丽莎白·泰勒、奥黛丽·赫本等，都画得惟妙惟肖。有一次他送了我一张，是画日本影星石原裕次郎的，我不喜欢石原裕次郎的那口乱牙，表示更喜欢那张詹姆斯·迪恩，他说那张他已答应送给别人了，以后会再画一张送我，但从此就没有下文。他哥哥已经是高中生了，有天竟穿着成套质料考究的童军制服，右胸童子军的符号上面还缝了面小“国旗”，据说那“国旗”徽章是有荣幸外访的人才有权佩戴的。尤金祝告诉我说，他哥哥要到日本参加世界童子军的活动，那时候这些事对所有人来说都是天方夜谭，他们家的小孩竟能到日本去，要花多少钱呀！光是这消息就令人目眩神移了，可见他家境之好。

但尤金祝一点也没有富家子的坏习气，譬如骄傲与浪费，他很谦虚，待人以诚，有时候会出手阔绰些，但买来东西都能与人共享，从来不会自私自利。富家人有种特殊的气度，就是雍容，雍容的特征是做所有的事都显得不疾不徐，这是我在尤金祝身上看到的。尤金祝的成绩并不很好，他的数学老是不及格，英文成绩也不理想，倒是中文还不错，我们的导师也是中文老师对他就很是欣赏，甚至有些宠爱，常叫他做令我们羡慕的事，譬如到办公室拿教具，帮老师整理私人物品等。老师为什么独对他好，我们（包括尤金祝本人）起初也不明就里。

我们的导师叫王继尧，名字就有圣人的味道，他口才极好，瘦得像个痨病鬼似的，但声如洪钟，气如奔雷。除了上课外，他喜欢在放学后留学生训话，他能把所有平凡的事说得神圣，小道理说成大道理，他上下古今地在台上说得口沫横飞，但台下的同学都紧张得不得了，因为住在三星及利泽简的同学如果赶不上末班车就得走路回家了。

王老师极为注重学生的传统文化及道德教育，他请擅长书法的何士谦老师写了许多长形的条幅，高悬在教室四壁，上面都是从《大学》《中庸》里选出的格言，要我们全背熟了再换新的。教室挂满了写满了黑字的长条白纸，简直跟灵堂似的。这位老是标榜要“为往圣继绝学”的老师，下学期却不知何故就没来上课了，代课的老师也姓王，是他的堂弟。同学都很高兴，一方面从此不用放学后还留下来听训，一方面苦雨凄风的灵堂又恢复成欢乐的教室了。过了约莫几个月，我们终于知道了其中的秘辛，原来我们的老师搞上了我们同校的一个初三女生，女生的家里到学校来闹，但女生已经有喜，再闹也不是办法，老师只有草草辞职成家去了。对我而言这件事更有讽刺性，因为那位女生是我小学的同班同学，她之高我一班，是因为我留级的缘故，想不到我以前的同学，顷刻之间已变成我的师母了。

这事对尤金祝形成了伤害，王继尧对他宠爱有加，竟成了他后来被取笑讽刺甚至于责骂的理由，尤金祝虽然生长条件优渥，但不善言辞，面对无礼的对待，完全没有招架之力，更谈不上反击，情急之下只有暗自饮泣的份。后来他初中毕业改读他校，这可能是最主要的理由。隔了几年，有一次尤金祝告诉我，说远在初二上学期，就在王继尧天天跟我们宣扬圣贤之道时事情就发生了，王继尧曾向尤金祝家“调”过钱，不过都被尤的家人婉拒了。

这件丑闻对我造成的冲击与影响更大，我到读高中时，对传统中国文化很是瞧不起，我认为儒家讲的道德是虚假的，中国所以落后，是由那些可耻与虚伪的教条所造成。“五四”时代的某些文化人说“中国不亡，断无天理”，这句话深契我心，这当然跟我当时也读了很多胡适的文章有关，但胡适之能影响我，是因为我心里面原有这种倾向，这里面王继尧的作用是最大的，他的行为让我认为所有的道德都是虚伪的。我后来大学读了中文系，毕业后又读了大量的中国传统典籍，后来又有幸讲学上庠，才知道中国最大的道德其实就是诚实，《中庸》说“诚者物之终始，不诚无物”就是这个道理。然而体会这个真理，耗费了我大半辈子的时间与精力，我在文化选择的路上摸索前进，不知走了多少曲折迂回的冤枉路。如果我没有那个讽刺的经验，岂不是更好吗？

现在转回来说尤金祝。尤金祝高中到宜兰去读宜兰省中，他行事看起来有些温吞，但心思还算细密，对于人生世事，也有特殊的体悟，加上文笔不错，终于成了个写现代诗的诗人。他又结识了一位“救国团”刊物的主编，那位主编常请他帮忙校稿编辑，尤金祝这人就是这样，看起来有点漫不经心，但一发起痴来，也会不计后果地全身投入。

他在编辑事务上花了太多心力，又因为那主编而认识了许多诗人文学家，整天周旋在那群疯疯癫癫的人物之间，结果耽误了学业，高中毕业并没考上任何大学。他在“救国团”的交往其实是直线进行的，他只与那位主编要好，其他人表面热络，但都是假象，不巧的是那位主编不久又意外死亡，他不但没有如愿继承主编位置，反而被人用卑劣的手段逐出了“救国团”。他善良又老实，根本没反抗的力量，只有乖乖走人。他后来就到台北去寻求发展了。

我奇怪他富裕的家境，对他后来的出路似乎一无帮助。我读大学的时候，有时会在某些文艺场所见到他，但很少有长谈的机会，他似乎还在文艺界混，却也没混出什么名堂来，我想他的家人对他当时的处境是深不以为然的。不久后听说他去参加警察的考试，考上后去做警察了。对于他而言，那真是个完全不搭调的职业呀，他怎会去“屈就”呢？后来我终于弄懂，他做的还不是一般的警察，而是专管监狱的法警，成天跟囚犯在一起，这样说来就更不搭调了。又隔了一段时间，他离开了“法界”，传说是由于他在监狱贩卖高价的香烟给囚犯，被“人赃俱获”地逮到，结果自己由管人犯的人成了被管的犯人，人间的戏剧再也没有比他演出的那出更惊悚又离奇的了。

他意志不坚，个性软弱，他一定犯了错，但他不够狡猾，所以别人都逃了，只有他被逮。也有可能是他犯了一点小错而别人又嫁祸给他，终于变成了大错，要是这样，就更为悲哀了。就这样过了十年或者更久，我终于才有机会见到他。他已从狱中出来，有了新的工作，在一个文艺基金会之类的机构当秘书，那个基金会在我任教的学校附近。我问他待遇，他说差得不得了，一个月只有两万元，他早已结婚，太太虽然有工作，收入也有限，孩子在念高中，家境很是不好，待遇不高，但多少能贴补家用，总比没有的好，这是他的话。有一天我在等公交车，看见他从我旁边走过，阳光明亮，把他底层的白发完全照出来了，原来他满头乌丝，全是染出来的，我当时心中一紧，暗中说：好友，要多保重呀！

他还是保持对文艺的关切，随时阅读书籍刊物，我偶尔在报上发表文章，他表示都看到了，而且对我还赞誉有加。我记得初二时他借我的《小说报》，开启了我亲近文学的机会，我不知道在他那儿借了多少本《小说报》，但此后两年中，我把市面上能看的中文小说，看得几乎一本不剩，有的是文艺气息很重的，如张漱菡的《意难忘》、师范的《没有走完的路》、赵滋蕃的《半下流社会》等，有的没有什么文艺腔，叙述故事沉着痛快，我对这类的书更是欣赏。正好尤金祝的楼下骑楼边有家租书店，我每次到尤家还书，都会到这家租书店逛逛。这家租书店老板心肠很好，书借出门是要收费的，但在店里看就不必拿钱，我就在他店里站着看完了费蒙写的大部头描写间谍斗智的小说《赌国仇城》及《情报贩子》等，我看完这几部书之后，竟觉得自己眼界始阔、智慧大开，到处寻找冒险又情境诡谲的书来看，后来找到一部翻译书，便是大仲马的《基督山恩仇录》，这本书波澜起伏，其中穿插冤狱与报仇的情节，过程惊心动魄又胜过了《赌国仇城》。我从读过《基督山恩仇录》之后，才知道外国人写的小说比当代中国人写的小说更“深刻”些，自此就沉醉在法国与旧俄的小说之中，大量的阅读是在上了高中之后。

饮水思源，该感谢的自然是尤金祝，他不知道他少年时一次无意施展出来的同情，对我有如此重大的意义。我后来好一阵子没跟他联络，他终于离开了那基金会，那是我路过基金会进去找他才知道的。后来我打电话到他家，他说孩子大学毕业了，找到份能糊口的工作，自己就辞职不干了。自从法警事件后，我不敢多问他的事，怕不小心会刺痛他。在对话中知道他父亲早过世了，母亲老了，与一个未出嫁的妹妹住在乡下，经济条件也不是很好。我问他那会画画的哥哥怎么样了，他说哥哥已定居美国三十年，很少回来。

有一天我突然看到一幅书法条幅，书法家用隶书写着唐代诗人韦应物的一首五绝，诗题是《秋夜寄丘员外》，诗中说：

怀君属秋夜，
散步咏凉天。
空山松子落，
幽人应未眠。

当我读到“空山松子落”的时候，心中想起生命中经历过的一些细琐的往事与人物，特别是少年时在宜兰乡下的同学们，譬如尤金祝等。我的这群同学都是台湾社会芸芸众生中的一部分，一生平凡，默默无闻，很少有特殊成就。他们存在于世，有点像深谷中的花开花落，无人关怀，无人知晓，但对那棵寂寞的花而言，那短暂的开落却是它真实的一生。空山松子落，不只是一颗，而是数也数不清的松子从树上落下，有的落在石头上，有的落在草叶上，有的落在溪涧中，但从来没人会看到，也没人会听到，因为那是一座空山。啊，多么豪奢的一场坠落！

“空山松子落，幽人应未眠。”我反复念着这两句。尤金祝也许跟我一样，常常会晚睡，我决定等再晚一点打电话给他，只问问他近来好吗，其他的事，就不谈也罢。

姚青山的情史

暑假我从外地旅行回来，一次宴会，听周围的友人说姚青山住进专门照顾失智老人的安养中心了，我惊讶地连问是真的吗，答案十分明确，我又问是哪里的安养中心，却没人能说得详细。据说是他孩子送去的，再没人见过他。他已经失智七八年了，后来越来越严重，已到行走坐卧都不能自理的地步。“这样的情况，也只有如此处理吧。”座上的一位友人说。

我想起与他的关系，在座的没有一个人会比我更深的。他们其中有些只是他后来在中学任教时的同事，有几个曾是他的“牌友”，一度相处甚密，但据说他后来已不太能打牌，自己不会算番，眼见人家赢了，就会与人翻脸，有次还掀人家的桌子，此后就没人跟他玩牌了。他们与他生活相契过，但对他的了解仅是泛泛，他从学校退休后，他们与他连泛泛之交也没了，不像我与姚青山，我们是少年时代的同学。我们初中就同校了，但不同班，到了高中我们就同班了，而且从此同班三年直到毕业。

我与他初中虽不同班，但他大名鼎鼎，学校上下无人不知。他初一就留级而且一留就留了两年，别人初中只要读三年，他老兄硬是混了五年，校园有此老油条要人不识也难。其实他并不是连续留级了两年，而是除了留级之外他又“休学”了一年，严格说来也算不上是休学，休学要办手续，他根本没办任何手续，就是发懒没去上学。到家人发现他没去上学，把他打了一顿，带他到学校，已开学一个多月，错过了注册期限，就只好在家“休息”了，幸好初中还没当兵的问题。等他家人知道他所以发懒是因为留级的缘故，又结结实实地“修理”了他一次。他在家里把“刑期”混满，一年后到学校注册仍然从初一念起，可怜他以前的同学都已经读初三了，他还得与没开窍的小鬼搞在一块，真是情何以堪！好在他有一个朋友跟他一样的遭遇，也是留级后先“休息”了一年，休满又重读一年，几乎每天都与他走在一起。

他的这位难友名叫林百伟，大家原来用闽南语叫他“两百尾”，后来“两百尾”不知怎么的变成“两百仔”了，这“两百仔”有时叫快了就成了闽南语的“你爸”。明明说林百伟（两百仔）来了，听起来竟是“你爸来了”，无意中让林百伟赚到便宜。

但两百仔天生憨憨的，也没有得意的表情，大家就不以为忤地这样叫下去了。两百仔跟姚青山都住在二结，两百仔的父亲在二结的纸厂做事，姚青山的父母住在山地大同乡，哥哥在二结街上开电器行，姚青山就跟哥哥住在一起，这纯是为了读书方便，但哥哥嫂嫂做生意忙碌，对他就疏于管教，这是他留级了很久家人才发现的缘由。

后来据姚青山告诉我，他在初一留级，完全是因为沉迷武侠小说的缘故，而两百仔则是完全不会读书，照姚青山的说法，他留级是疏忽，两百仔的留级则是“罪有应得”。他们俩住在同一地方又同时留级，出入一起是自然的事，姚青山比两百仔“饱读诗书”又谙于世故，他们做事一向由姚青山做主。留级后姚青山跟两百仔说，学校如此可恨，我们不如上山习武吧，两百仔就说好啊。这时姚青山看见他家西北方山上有祥云飘浮，断定上面必有仙人，就带着几个饭团，与两百仔二人坐了一段火车，在礁溪附近找到九股山，飘然入山“寻道”去了。

结果当然可以想象，他们吃完所有的饭团，带着满身蚊子包回家。但这次经历，并没有影响姚青山对武侠小说的嗜好，他走到哪里，总是带武侠小说到哪里，每天上学，书包里必定装满够一天消化的“粮草”。他初二时骑了脚踏车来学校，边骑车边看武侠小说，不小心摔到阴沟里，把车子摔得稀烂，身体倒好，只有点皮肉伤，但他的一双深度近视眼镜摔破了一眼，左眼镜片摔出一条深深的裂痕。他把所有的钱都拿去租武侠小说了，当然没钱去换眼镜，他就戴着这副破了一眼的眼镜，从初二到初三，成了学校特殊的风景，他也因此成为一个远近驰名的人物。

我们所在的地方，是个如假包换的小地方，在小地方很难产生英雄，但人类渴望英雄，这个真理无须看过英国哲学家托马斯·卡莱尔（Thomas Carlyle，1795—1881）的名著《英雄与英雄崇拜》（*On Heroes and Hero-worship*, *and the Heroic in History*）也会知道。特殊人物与英雄人物的差别本来不大，在小地方，特殊人物就直接等同于英雄了。姚青山不很光彩的读书经历，与他有点痴呆又有点怪异的行径，竟使他成了学校一部分人崇拜的对象，这是他也没有料到的，崇拜他的尤其以女生为多。

这使得他在情感事业上无往不利，当然这是我们旁观者的印象，他自己却并不认为如此。他后来高中跟我同班三年。高中只有我们那班是男女同班，我们班上有十六名女生、三十二名男生，女生数正好是男生的一半。他与班上的几位“有名”的女生都很要好，所谓有名是指成绩比较好又比较晓得妆扮的女孩，她们比一般女生要早熟又懂事些，当然发了情的男生对她们也会多些注意。那群时髦的女生，对一般男生都是爱理不理的，在她们眼中，班上男生又土又脏，很难入她们的“法眼”。在中学时代，同龄的女生要比男生成熟得多，班上只有几个懂时尚、会交际的男生才能偶尔跟她们打成一片。

但姚青山跟女生混得好不是因为他懂时尚，他对时尚一点也没概念，伦巴、恰恰那些交际舞他都不会跳，女生不排斥他甚至喜欢他，是因为他个人的风格。他做事漫不经心，因为任性而常有忘我的举措，有时候还会有点邋遢。后来我想他之所以得到女生青睐就是因为他的这份孩子气，正好提供女生施展母性温柔的机会。他原本不知道，但终究发现这项秘密，因此而行事更有"风格"起来。

别看他只看武侠小说，他数学不论几何、三角、代数都十分好，刚巧青春期陷入意乱情迷的女生数学都不行，姚青山就成了她们课余请教的对象。班上一个名叫白莉莉的外省女生，家庭环境不错，住在高级桧木建成的日式大房子里，姚青山被"延揽"到她家里帮一群女生补数学，有时补习太晚了，姚青山回不了他二结的家，就在白莉莉家客厅的榻榻米上睡。有天晚上我被班上一个叫史柏一的男生带到白莉莉的家，发现那里热闹的情形令人瞠目结舌，姚青山被几个女生围在中间，她们都穿着家居的便服，桌上摊着的是数学作业，但嘴里说的都是张家长李家短嚼舌根的事，还有人在抽烟，零食堆满一地，到处是纸屑果壳，进入耳朵是东一句"死姚青山"、西一句"死姚青山"的，哪里是在温习功课？奇怪的是白莉莉的家人好像根本也不管，任她家的客厅变成皇帝淫乱的后宫！而当皇帝的自然是姚青山啦。

这情况虽然受其他男生艳羡，但据姚青山说对他的感情生活并没有帮助，因为一堆人对自己好，自己就要注意，不得对其中某一个人有特别的感情，要分外小心地让大家都“雨露同沾”，否则就容易激起众怒，到时候就有罪受了。这是他周旋在女人堆中的真实体验。姚青山还曾告诉我，他喜欢的女孩子根本不在其中，他喜欢一个名叫蔡菱妃的女孩，那女孩不但不是同班的女生，还是在别的学校读书的。有一次姚青山跟我一起走，在一座桥上，他指着溪对岸的一个女生说她就是蔡菱妃，我看是个瘦瘦的只是面孔还算清秀的女孩，我问他追了她吗，他说写了几封信，连个回音也没有，恐怕一点希望也不会有的。姚青山虽然对班上的女生一呼百应，但蔡菱妃在他的“治权”之外，不见得要理他，原来做“皇帝”也有受困的时候。

姚青山在女人堆中过完高中三年，毕业了，竟然以我们之中的最高分考上首善大学的中文系。他数学好为什么没读数学或物理之类的科系呢？据他说也是女人的缘故。“你看理工学院女生少不说，又都丑得不得了，”有次他说，“同样文学院，外文系女生刁钻，历史系女生呆板，中文系女生虽不怎么聪明，但比较清纯可爱。”他在中文系待了四年，是不是也在温柔乡度过的，因为我们不同校，我并不十分清楚，但他毕业后当完一年兵回来，不久就跟他同班的一个女生结婚了。女生是香港侨生，家道很好，这场婚姻，对她而言算是“下嫁”，但姚青山个性随和，语言诙谐有趣，新婚夫人贤淑端雅，彼此又是同学，从任何角度看，都是登对得很的婚姻。

姚青山结婚后考进一家日商公司，那家公司规模很大，在所有的录取者中，姚青山是唯一从中文系毕业的，公司给他的工作是负责编辑公司的刊物。编刊物需要约稿，这使得他有机会与一些文士交往，他自己也开始写作，写了几篇小说，用笔名在报上发表，他的身份突然变成编辑与作家了。公司给他的开销额度很大，他手头就变得很松，可以偶尔公私不分地乱花钱。他后来认识一个有点文艺腔的高职女生，据说也写些诗或者散文之类的，几次会面后竟然堕入爱河。不久这事竟让他贤淑端雅的夫人知道了，带着刚出生不久的小女儿来找我，要我帮她主持公道。

男女的事情不要说朋友管不上，连父母有时也管不上的，因为那是情感，而非理智，不是说理就能解决。我当然尽全力“调停”，希望他能回头是岸，理由之一是他女友与夫人比较，不论才学、能力甚至美貌都瞠乎其后，这种说法当然没用，他的家人知道后包括父母兄嫂都来劝阻，女生家人甚至动用威胁。但处理这种感情的事最好不要让那对男女陷入孤立，让他们必须更紧密地用拥抱来对抗外侮。把他们逼入死角，只有使他们更有机会孤注一掷。不幸的是，不论是柔性的劝说还是刚性的逼迫，都让他们更坚定地选择了极端。姚青山终于把有丰厚待遇的工作丢了，把妻子与刚在学语的女儿也扔下，带着他那高职刚毕业好像什么事也不懂的小情人跑了。

以后几年我成了他们几个家庭彼此联络的唯一中心点，他与小情人走投无路时还寻求我的接济，但他对恋情很坚定，似乎没有动摇的可能。他的妻子后来被迫选择放弃这场婚姻，事情还闹到法院，她很可怜，在台湾没有朋友，只有由我陪她去处理所有细琐与难堪的事务。她在了结了这场婚姻之后就回香港去了，带着女儿永远离开了这块伤心地。

对姚青山而言，他获得了祈求已久的幸福，他与小情人终于结成了连理，婚后在东部的一所中学任教，生活悠闲又愉快，而且连续生下三个孩子，一女两男，听起来就幸福满溢的样子。我与他隔得很远，平常没事很少联络，偶尔一次见面，发现已过了十年或者更久了。

姚青山在东部教了十几年书，后来因故调到北部来，我们就有见面的机会。想不到此刻的他精神恍惚，嘴里偶尔会蹦出一些莫名其妙的话来，而且他喜欢喝酒，他饮酒时常常故作豪壮，动不动找人干杯，自己倒了就要赖，总要别人服侍他，周围的人对他迭有烦言。后来我终于知道他的婚姻表面热闹，彼此都用最亲密甚至肉麻的方式称呼对方，但内里不完全是这么回事。据说他经常做噩梦，在梦中大叫已离开他的大女儿的名字。他继续在报上写小说，而且出了小说集，吸引了一些女性读者与他通信，其中也闹过几场涉及感情的事。而我有次听他说，他的夫人也有新的恋情，对象竟然是他在东部教过的学生，事情发生得很突然，他无法面对，只好用酒精麻醉自己。

转到北部工作，应该会变得好些，但玻璃一有裂痕就不可能消失，他们的冲突有时不顾情面地爆发，他继续用沉沦来遗忘，除了酗酒，赌博是另一种沉沦的方式。然而该来的终究还是要来，他最后只有再用离婚来收场，三个孩子由他监护。女的离婚后随即与他以前的学生结婚，但不是原来的那个男生，而是另一个也称过她“师母”的人。

姚青山罹此果报，任人听了都会不胜唏嘘，但还没完结呢。二度离婚的他没能从阴影里逃出来，他在一个私立中学教书，第二次婚姻给他的讽刺“效果”，使他无法再信任学生，老实说他无法再从事教育这个行业了。然而他除此之外没有谋生的能力，三个孩子还要他养，生活所逼，他只有心不甘情不愿地继续在学校待下去。学校当然也知道这个问题，但他不主动辞职也不好辞退他，学校毕竟是个有人情味的地方，校方只好各方设法，让他去教一些不重要的科目。这样又是几年过去，他竟然又认识了一个女人，这个女人跟我熟悉的圈子没有瓜葛，我因从未见过她，无法形容她的模样，他们又很快地论及婚嫁。这次婚姻，他并没征询我的意见，他从第二次婚姻失败后，就刻意不与我们这群老友联络，我知道遗忘是使他向前的唯一好方法，对他即将展开的幸福只有默默祝福。他找不找我，我不以为意，但一次我遇见他少年最好的朋友两百仔，两百仔刚刚丢掉工作，心里已经很不舒服，他听到姚青山的消息后义愤填膺地说："还算朋友呢，我真看错他了！"

正在学期中，婚假只有一星期，听说他带新婚夫人去度了一周的"蜜月"。蜜月度完，匆匆回家，天色已晚，两人到夜市去吃宵夜，吃完过马路，被一辆急驰而过的汽车撞飞。肇事的汽车逃逸，女的当场被撞死，姚青山被撞昏，在医院昏死了几天才醒来。我知道消息很晚，去看他时，他已经晓得用嘲讽来看待自己的一切。眼前的事令我陷入茫然，不知道要说什么才好。

长久的酗酒与噩梦，已摧毁了他的意志，他变得没有目标。课还是去上，只要一放假，就骑着他的破摩托车，漫无目的地乱跑，人晒得像黑炭一般。有次开高中同学会，他骑着车到宜兰去参加，他说他已经绕行台湾七次以上了，大家不怎么相信。他记忆坏得很，连老朋友也忘了，说话颠三倒四的，一次见到邱坤木说："坤木仔，你叫什么名字？"令人哭笑不得。

姚青山长得有些怪，他瘦瘦高高的，戴着深度近视眼镜，表面弱不禁风，其实肌肉精壮，在高中还是班上长跑选手呢。他还有一个长下巴，跟李登辉长得很像，这在相学上是上寿之征，想不到才这个年纪，竟因失智而住进安养院。我在宴会上听到这个消息，即使有非凡的食欲也无法下咽了。他的几个孩子都与我疏远，从来没跟我联络过，几年前姚青山退休，我打电话去问学校给的退休金有无短缺的事，是孩子接的，对我讲话很没礼貌，我心情就很坏。姚青山的事我既管不着，也懒得再管下一辈人的事了。

只是一个晚上，午夜梦回，我想起姚青山的一生，也想起一些与他有关的女人，他真是个情场上阅历丰富的人呢。有些女人跟他玩笑了一阵子，有的跟他结缡过，这些情缘，照宗教的说法，都是在生命发端的时候就注定了。当然人不是没有选择的机会，善缘可以维持，恶缘可以避免，这需要理念与意志，有时意志是可以改变命运的。但不巧姚青山虽然聪明，却理念薄弱，意志则更为游移，女人为他带来的幸福固然有，而不幸却似乎更多。我当时想，参与“构筑”姚青山命运的那些女人，也都一个个年华老去了吧。我特别想起我们中学时代，一天姚青山与我站在桥上，他指着小溪对岸一个瘦瘦的女孩说她就是蔡菱妃，那是一个他想念过却从未追上的女孩，现在也该是当祖母的年纪了呢。唉，人世变幻无常，不知道此刻的蔡菱妃到底怎么样了。

紫荆花

台湾人习惯把紫荆叫成羊蹄甲，大约是因为紫荆叶子的形状像羊蹄吧。紫荆长得很快，作为路树，不要几年就嘉树成荫了，但因木质不够紧密，遇风很易折断，台风过后，十分狼狈，市里原有几条路是种紫荆的，后来都纷纷改种他树了。

紫荆一年有两次花季，一次在阳历三、四月，一次在九、十月之际。花季时，一朵朵看起来像兰花的粉紫色花朵开满树巅，自有特殊风姿，但车道上成片的落花被汽车碾过，弄到路面尽是花尸与汁液，也显得邋遢不堪。

二十六年前（一九八二年），台北荣民总医院大门前的路边就是种着这种树的，那年三四月之际，我曾看过它们盛开的模样，但当时的心情低沉，无意欣赏，因为我刚在医院病榻边，送走了一位从小就熟识的友人。

那位友人是女性，她姓翟，有一个亮晶晶的正式名字，但跟她熟的人都叫她的小名——毛毛，叫久了，就忘了她有正式名字了。毛毛跟我同住在一个名叫康定新村的眷区里，与她不同的是我的身份比较尴尬。我是“依附”在作为军眷的姐姐名下，我与母亲加另外两个姐妹虽住在眷区，只能算是“黑户”，因为我们与姐姐的关系是“旁系亲属”，因此是没有任何配给的。而毛毛的父亲是个管军需的军官，他们家是名副其实的军眷，享有军眷的所有福利，加上她一家只有三人，与我家进项有限但食指浩繁完全不同，从生活程度上言，她的家居比起我们来，应该像是古人说的“生长优渥，颇事豪华”了。

其实不论人多人少，当时的生活都只能说是艰苦，如果硬要区别不同家庭的生活条件，只能用大艰苦与小艰苦来形容罢了。我与毛毛虽然从小认识，因为她是女生，我们住得近却很少往来，直到读高中，她比我低一级，高中部学生少，在学校就有机会接触，但谈不上热络，我们都把彼此当作熟识的一般邻居来看待。

后来我考上大学，到台北读书，隔年她考上了一所当时还是专收女生的专科学校，读的像是会统科之类的。从我的学校到她的学校要转三趟公交车，而实际的距离并不远，她的学校正好在我学校的后面，有一座不算高的山隔着。有一次我们约好由我翻过山去找她，之后我们的往来就比在故居小镇要稠密些了，但也不过是几个月见一次面而已。

到我读大三的时候，她也二年级了，我们偶尔相约到台北城里去看一场电影。当时台北电影院分首轮与二轮，演首轮片的电影院票贵，我们当然看不起，只有专挑二轮的戏院看。二轮戏院以新南阳戏院与东南亚戏院为最受欢迎，它们专演洋片，而且票价便宜。新南阳就在现在台北的南阳街上，与火车站与公交车总站最近，而东南亚戏院在台大附近，在当时还属郊区，所以我们相约，多数在新南阳戏院。

看完电影如果还有时间，我们也偶尔会到附近冰果室吃碗冰或是喝杯冷饮，一次吃冰时她问我知不知道有一个名叫肖斯塔科维奇的作曲家。我那时喜欢西方古典音乐，但音乐素养不足，听音乐受制于环境，纯是打游击的方式，抓到什么听什么，听的大多是浪漫派前后的作品，连古典派的巴赫、亨德尔等的作品都很少有机会听到，更不要说属于二十世纪现代派的肖斯塔科维奇了。我问她怎么会知道有这号人物的，她含糊带过，我当时也不以为意。

寒假回乡，有一天外面下着大雨，她竟然带着一张翻版的胶制唱片来找我。我到台北读书的时候，姐姐家添置了台可以放唱片的唱机，当时的唱机上附有收音机，平时多用来收听广播。她问我能不能放她带来的唱片，我说好，我把唱片从封套中取出，原来就是肖斯塔科维奇的第五号 d 小调交响曲。这是肖斯塔科维奇最被称道又最常被演出的曲子，但竟是我第一次听到。这首交响乐与我听惯的浪漫派的交响曲有很大的不同，不同的地方在于直接。肖斯塔科维奇似乎不做任何酝酿，不推三阻四扭捏作态，第一个主题一开始就全裸地、开天辟地式地推出来，仿佛一切都因为堂堂正正所以不做任何闪躲似的。他还喜欢让许多乐部用齐奏的方式演奏同样的旋律，有些地方，确实如“豪华落尽见真淳”般简捷有力，把穆索尔斯基、里姆斯基-科萨可夫以降旧俄作曲家最擅长的交响乐配器法完全打乱了。有的地方显得不很和谐，但他不在乎，他完全不遵守古典以来的和声对位技巧，总是信心满满、单刀直入，而这些部分却都摧枯拉朽地有让人望风披靡之势。

听完唱片，我问她怎会对肖斯塔科维奇发生了兴趣，她说是一位友人推荐的，再问下去，终于知道她有位心仪的男友，是学音乐的，当时在板桥的公立艺专读书，我没有打探其他的细节。后来她又带来那张唱片，在我家的唱机上放了几次。她听音乐的时候，神情凝肃，每当第一乐章那个长笛的主题出现时，她眼睛就会闪出奇异的光辉，但因为那个主题不长，那光辉一会儿就过去了，我知道她心里有事。从此之后，我对肖斯塔科维奇有了印象，不久我在朋友处又听了他的第七号 C 大调题名是《列宁格勒》的交响曲，也是刀枪争鸣的，大约描写的同是苏联的十月革命，感觉与第五号差不太多。

寒假时因有地利之便，我“依例”与她到小镇电影院去看了一两场电影。过了一学期，暑假时我们在小镇见面，再约她看电影，她就显得不很痛快，一会儿说有事，一会儿说那电影她看过了。后来才知道，邻里传着一种说法，说我对她有“意思”，她在这种压力之下，只好不再与我出入公共场所了。当时小镇的风气很闭塞，男女一起到电影院看了场电影，就等于向镇民宣告他们已经订婚了，如不是夫妻，男女共乘一辆三轮车也会遭人物议的。我大学毕业服完兵役，又到外地教了两年书，之后就与我的女友结婚了，她不久也结婚。有一次我们见面，我问她当时我们在台北可以看电影，为什么在小镇不可，她说大城市比较自由，在这里却是人言可畏呀!

她结婚的对象并不是那个学音乐的男孩，而是一个工专毕业看起来很老实的男人，似乎有一点侨生的背景，但到底侨居地在哪里我并不清楚。此后我们中断了联系，隔了几年，两个家庭都各有两个子女了，猛见到还真有杜诗“昔别君未婚，儿女忽成行”的感慨。

一次我们互道几年来的经历，说起来，我比她“平稳”一些，我一直在学校打转，而她的境遇就丰富多了。她毕业后曾做过地方银行的业务员，起初是实习的性质，因为她读的是会统科，但她说她只把“实习”的资历填满就离职了。我问她原因，她说地方的银行省籍意识很强，对外虽然可以说“国语”，而内部一切都要以闽南语交谈，她会说一些闽南语，但到底不够流利，不久就受到排斥。再加上当时银行对女性也不公平，结婚受种种限制之外，婚后怀孕就要无条件离职。银行人事的“缺”还有，与她同职位的人大多数只是高职毕业，想要留下的话，以她的学历没大问题，但她没有留下，尽管她家人希望她能保住这外面人眼中的“金饭碗”。

她后来又到中学任教了一段时日，英文、数学、理化、公民都教过，学校从上到下据她说都在“混”，没有一个人是认真的。她之跑到中学教书，是因为那所中学校长是我们初中时候的历史老师，她是在校长的力邀之下而去教书的，过了几年那位校长退休了，她也提出辞呈不干了。

她后来结了婚，丈夫收入稳定，就不须出来工作，她原不是事业心重的人，又因为连生了两个孩子，此后就以“家管”为主，不再过问“世事”。孩子慢慢长大，终于上小学了，平日家里空荡荡的，就想再找个工作，这不是一般妇女的生活历程吗？她也不例外，不知道依凭什么机缘，我知道的时候，她竟然已经成了个小委托行的老板娘了。

我无法真正进入她的内心生活，否则就会跟她谈谈，为什么丢了那么久之后又想起要出来工作呢？何况选择的是开店做生意。有一天她打电话给我，问我如何挑选大提琴的事，原来她要她小儿子去学大提琴，我们相约见面，才知道她已经开店了。她的委托行设在信义路东门市场的一个角落里，店面狭窄，橱柜后面仅容一人旋转，人不在时，要拉下重重的铁卷门，人在时，则更显凄清。旁边虽也有几间相同的店面，然而四周更多的是卖葱卖姜的摊贩，店设在这里，不像会有贵夫人光顾的样子。我问她生意如何，她说还好。

我们往来，聊的多不是实际的问题，但一次她说了些心里的话。她说她是个慵懒又不认真的人，生活上只要能够因循就因循下去，从来不求改变。她说在中学教书时全校上下个个鬼混，其实她自己也一样，对不公平的事，她知道不公平，但从来不会主动抗争，就是为自己的福利，也从未努力地争取过。她后来发现自己性格上的弱点，一度恼恨不已。她想她之因循苟且，主要是她总是依附在一个大团体中间，在这个团体里，就近朱则赤、近墨则黑地与大家和光同尘，一点都没有向上的意志了。一天，她想如果脱离团体自己创业，在自负盈亏的压力下，也许能改变这个积习。这是她经营委托行的“初衷”。我问她是不是有效？她笑着说好像精神振作不少呢。

我几次到她在东门市场附近的住家，她丈夫上班，儿子上学，见到的也只有她一人，我们的关系好像还是少年时代到对方的家里串门子一样。有一次我们相约在武昌街的明星咖啡馆吃午餐，吃完想起读书时衡阳路上那家以放古典音乐有名的田园咖啡厅还在营业，我建议进去坐坐，也许可以听到些怀旧的曲子。咖啡厅已改设在原址的二楼，我们拾级而上，推开玻璃门，里面一片漆黑，领座小姐拿着小手电筒带路，发现所有座位黑压压地都改成椅背极高的"情侣座"了，我们只有黯然退出。我们所在的是一个迅速改变的世界，而世界改变了后，有的我们还认得，有的我们已经全然陌生了。

有一次我问她，还在听肖斯塔科维奇吗？她笑着说早就不听了，连带其他的音乐，也很少再听。我告诉她因为她的缘故，我后来听过很多肖斯塔科维奇的唱片，我对他的交响曲兴趣并不很大，但对他的弦乐四重奏及两首大提琴协奏曲却印象深刻。当我叙述我的聆乐经验的时候，她只静默地听我说，并没有搭腔。后来我想通了，她对肖斯塔科维奇的兴趣与喜爱，完全是因为一次爱恋而引起的，当爱恋不再，她的音乐热情也跟着消退。我们哪能责怪世界呢，我们自己不是也在不停地改变吗？

二十六年前的三月初，她打电话给我，我记得当时我在听一张帕格尼尼的小提琴与吉他合奏的曲子，她说因久咳不愈，打算到荣总住院检查，我想应无大碍，还邀她检查完了后一起来欣赏这张新买的唱片，她说好。想不到四天后接到她丈夫的电话，要我到医院一趟，我赶去才知道她得了肺癌，而且癌细胞已扩散到全身，没办法医治了。我在那里待了一整天，她时而清醒时而昏睡，醒时直叫痛，医生赶来，只有注射吗啡，其他一无办法了。

住院整整一个礼拜，她就死了，一切显得太突然而有点荒谬。她死时很安详，就像一个人经过了疲累的一天后跌入梦乡的样子，由于住院时间不长，得知绝望的消息很晚，去世时好像没有什么病痛，身体还是胖胖的，脸上也还有血色。她过去的时候，我在她床边，她的丈夫与两个儿子也在一旁，她的父母都来了，她的父亲有点老年痴呆，坐在椅子上，已不晓得悲哀，母亲则不断捶打着她的父亲，嘴里不停地大叫："啊，你说啊你说啊，我的命怎么这么苦呀！"

她死在下午，我走出荣总时正遇上日落，医院大门前一排羊蹄甲都开满了粉紫色的花，我从花下走过，脑中好像塞满了回忆，又空空地像一无所有。我后悔以往每次见面，都是我说个不停，没几次好好听她说话，否则对她的回忆就不该那么少了。隔了几年，胶制唱片的风潮过去，CD 开始流行，一天我在唱片行买下了肖斯塔科维奇的十五首交响曲的一大套唱片，是 Decca 出的，由海廷克（Bernard Haitink）指挥阿姆斯特丹大会堂管弦乐团（Concertgebouw Orchestra）与伦敦爱乐管弦乐团演奏的那个版本。我把那些唱片反复地听过好几遍，终于还是觉得第五号最是动人心弦，尤其第一乐章笛声响起的那一段。我想了又想，才知道那段音乐为何那么迷人，因为乐声中藏着一些年轻时候的自己，也藏着一些她的身影，然而那一切，都再也追不回来了。

“疯狗”与“红猴”

“疯狗”与“红猴”是我读初中时两位老师的绰号。那时学校的所有人，包括老师与同学，几乎都有绰号，叫人绰号，当然有一点轻视、戏谑的意思，同时也表示跟他有一层亲密的关系，但不论轻视或亲密都不严重，大部分只是开玩笑的性质。绰号通常是依人的特征取的，譬如一个人头大，就叫他“大头仔”；一个人正陷于爱恋的烦恼中，就叫他“苦恋的”；有人腿长，就叫他“长脚”（闽南语念作“骆咖”）或“电线杆仔”。初中时候一位语言乏味的地理老师，有一次在课上兴奋地问我们哪个海洋最美，我们根本不知道他为什么提出这样的问题，一时之间没人理他，他立刻公布答案是爱琴海，因为爱琴与爱情“同音”（照他的读法），他说能够落入爱情海里真是美事一桩啊，说完自顾自地笑了起来。

我们觉得他无聊，又因而知道他渴望爱情，从此就叫他“爱琴海”了。叫人绰号通常用闽南语叫，但叫“爱琴海”就得用“国语”。

“疯狗”与“红猴”都得用闽南语来叫。他们虽然位居师长，而在一般人眼中其实地位甚低。“疯狗”是我们的童军教练，他姓黄，照理该叫他“黄狗”更为顺理成章，但在他的人格特性中，疯的特性要比黄的颜色重要多了，就叫他“疯狗”了。用闽南语叫人疯狗，不是讲他疯疯癫癫的，而是指他表面疯其实恶，会像疯狗一般乱咬一通，而且咬上人就不放。这位童军教练没有什么学历，光复的时候，大概有小学毕业的程度，光复后有没有再读书进修，也无案可查，他怎么能混到初中教童子军的，其实任是谁包括他自己都说不清楚。在那个混乱的时代，许多不可能都变得有可能。我记得我们在刚考上初中时就听人警告，说这位童军教练难缠，要我们一切小心。

学校不大，童子军教练必须兼任童子军团团长，又须兼任训导处的管理组长。他不知道从哪里取得的权力，规定所有初中学生都必须加入童子军，童军服就变成所有初中学生的制服了。童子军服很昂贵，对大多数学生家长都是不小的负担，但没有制服，连注册都不可能通过，所以不论如何咬紧牙关也得准备。制服的颜色是卡其色，形式与军装有点像，学校请来服装厂商为大家测量的时候，家长都跟在一旁不断地碎碎念，叮嘱量衣服的人要尽量放大尺寸，最好能应付不断“抽条”的小孩，让一套制服能穿上三年直到初中毕业。

童军服还不难准备，市面上也买得到，难以应付的在于它的配件。首先是腰上的皮带，必须有环状扣式的皮带头，铜环上铸有“中国童子军”的字样，圆扣上有童子军军徽，这是特制品，街上是买不到的。童子军服右口袋上方须要缝上横条蓝底白字的童子军符号，左胸口袋中央须缝上童子军级别章，童军分初级、中级、高级三种，底色与图案各不相同。除此之外，左肩上还有肩章，是以绒布面绣上学校校名，左侧边缘又须缝上三色飘带的小队章。

这样配备还不够齐全。童子军必须围领巾，所谓领巾是大约八十公分见方的一大块布，对角折成三角形，把这块布“圈”在脖子上。据说当年贝登堡爵士创立童子军，训练少年野外求生技巧，大型的领巾其实是准备在受伤时当包扎布使用的。台湾天气炎热，初中生又好动，要学生在脖子上围上厚厚的领巾，其实很不“人道”，但当时没人管，“团长”的规定就是法令。我们学校男童军的领巾是蓝白两色，女生是白底红条，过了一年后，又把男生领巾改成深绿色，女生维持一样，为什么男生要改女生不改，没人知道原因，可能是团长脑筋急转弯的结果吧。另外还须戴童军帽，起初是船形帽，后来又改为大盘帽，都是特殊的样子，市面买不到的，必须由学校统一订制，价钱自然不菲。后来有人说，这位团长光是规定初中学生买东买西所赚的钱，足以供他在家后面买几分地了。但这是没证据的指控，是不能当真的。

对刚刚踏进初中的我们而言，新生训练与开学典礼都盛大得出奇，校长照例要介绍学校的教师，只见那位团长佩戴整齐地站立在舞台上，身上的各式徽章焕发着奇特光彩，真像是阅兵台上的将军，烨然如神人。所以我们小孩对这位团长的最初印象是既羡慕又崇拜的，不像家长一听到他就皱眉。

然而当我们逐渐混熟了环境，也慢慢摸出了他的“底”之后，我们的态度也有了大改变。最显著的是我们私底下不再叫他团长，而学高年级学生那样用“疯狗”来叫他了。“疯狗”最大的问题是不学但“有术”，不学是指他完全没学问，有术是指他神通广大，能够逆势操作而使自己拥有宰制学生的一切权力。

他不学的例子实在太多。有次上童军课，宣读童子军手册，里面有“惭愧”二字，他竟然把它念成“见鬼”，当时同学们面面相觑，不知所措，后来像这样“见鬼”的例子屡见不鲜，大家就见怪不怪了。上童军操练时，他叫口令偶尔会把左右叫错，要指挥全校的队伍时，他更紧张，有一次我们发觉他叫口令前总会朝自己的手看一看，原来他在左右手掌上反写了“左右”二字，这样才保证不会出错。我们恍然大悟，原来这位像大将军一样的人物，其智慧跟我们这群刚上初一的新生相去还有段距离呢。只过不了一两个月，我们对他的崇拜就一点一滴地流失，最后荡然无存了。

他如是个草包还好，问题是他欺善怕恶得太厉害。他每天一大早一定站在校门口，表面上是维持上学秩序，事实是检查学生的制服，小到皮带、符号、肩章任何一项都不放过。他对学生的态度说是严格不如说是恶劣，服装不整的人，经常受他指责詈骂，甚至拳打脚踢，而最严重的惩处都是用在对最低年级的弱小学生身上。挨他打的通常是初一生，挨骂的通常是初二生，初三生个子已长得高大了，他就会笑笑警告对方，要对方明天一定得穿戴好，但初三生明天依然故我，他也会睁只眼闭只眼，假装一时疏忽没有看见。

这样的态度当然引起了众怒，但当时社会风气保守，即使众怒也没有宣泄的管道，冲突偶尔发生，最后总是不了了之。不过每当毕业典礼过后，学校教室靠稻田那面的窗玻璃，常会遭人整排击碎，余恨未消的破坏者还会在黑板上歪歪地写上“疯狗”二字，表示这报复是冲着他而来。但这只是泄愤罢了，打破几扇玻璃窗，算哪门子的英雄呢？毕竟是小地方，乡下孩子的见识跟气度，更是低浅得可怜。

再谈谈另外一位绰号叫“红猴”的体育老师，他姓洪，因为长得瘦，举止颇类猿猴，大家就叫他“红猴”。我们学校初中加高中总共才二十几个班，全校的体育就都由他一人包办了。“红猴”比“疯狗”年长些，也是受日式教育长大的，他到底读了什么学校，拿过哪些文凭，也同样不可考。他教体育兼管学校的体育卫生事务，地位跟“疯狗”大致一样高，体育卫生与学生生活有关，但真正能“管”到学生的地方没有管理组长多，再加上他是个老实人，就算在体育课上很严厉，下了课就很随和，所以一直没与学生发生过太大的冲突。

但他教体育课，用的是斯巴达人训练战士的那一套办法，就是苦练再加上苦练，打落牙齿和血吞，打断胫骨颠倒勇（反而勇），却没想到我们根本不是战士，甚至连运动员也不想干。他面对我们，只有徒呼负负的份。

当时地方还流行一种日据时代留下的激烈运动——橄榄球，打橄榄球时再野蛮不过，拉拖压拽样样使得出，外行人看好像一无规则可言。所有运动遇雨都会停赛，唯独橄榄球不但坚持要赛下去，而且风雨愈大愈显威风，他们叫那是“橄榄球精神”。打橄榄球传球时必须向后方传，球员打算把手中的球传出去，就得奋力突破阻碍跑到前方，而敌方一看到你抱着球，就可以用一切方法把你绊倒，然后全队铺天盖地式地把你压在底下，你要打算在充满敌意的钉鞋中穿越出去，不但要体力，还非要比敌人更为凶狠野蛮不可。后来我在影片上看到美式足球赛，不只球的形状相似，比赛的激烈程度也十分相近，然而打美式足球须装备齐全，头盔、肩架、护膝，一个也不能少，而我们小时看高中生或校外的成年人来学校打橄榄球，就穿着一般黑白相间的球服，所有护具都付诸阙如，那样在泥巴阵中厮杀对垒，哪里是运动，简直是玩命呀！

“红猴”经常标榜我们学校的精神就是“橄榄球精神”，必须不怕苦不怕难甚至不怕死才行，到底这是谁这么规定的？为什么要这么规定？他并没讲清楚，我们也一头雾水，好在他自己是老骨头，早已不能打橄榄球了，而学校设备有限，也不容我们打这种球，所以那精神只高挂在“红猴”的口上，对我们并没有造成实质的影响。但“红猴”服膺吃苦受难的理想，他的体育课其实是理想的延伸，他想尽一切办法来折磨我们，最后想到，克难时代最好、最折磨人的方法是跑步，学校不要添一毛钱的设备，学生全让他给磨成七荤八素了。

他上全校的体育课，表面看负担很重，其实是轻松得很，原因是他上课，只要班长带大家做一下子体操，然后就叫全员排成一路纵队绕学校操场跑步，他一个人站在中央，有时叫大家跑快些，有时一语不发地什么事也不做。我们读高中的时候，他更突发奇想，要同学跑到外头去。当时校外有两个地点，一个近一点的叫清水沟，一个远一点的叫歪仔歪，都在同一条乡村道路上，他规定女生跑到清水沟，而男生必须跑到歪仔歪再回来，他算好时间，不论男生、女生如何奋力，来回一趟必须一个小时。由于他自己不跟着跑，这样日久顽生，很多男生根本不跑到歪仔歪，只跑到清水沟就随着女生轻松折返。这事后来被他知道了，就想出法子来治我们。歪仔歪有条通往太平山的铁路，他规定我们跑到那里，必须用手摸些铁路的铁锈回来给他看，手上没铁锈的要受到更大的责罚，譬如放学后留下来继续跑操场，或者“承包”厕所洗涤工程，他是有这项权力的，因为他也是学校体育卫生组长，是全校厕所的最高主管呢。

“疯狗”与“红猴”，虽然没人太瞧得起，但他们两人，与我们学校生活息息相关，所以毕业多年后，有些老师早已被我们忘了，而他们两位是我们终生不会忘的。高中时，我们仍上他的体育课，他的跑步要求当然不受欢迎，但高中学生比较油条，再严格的规定也有应付之道，他也知道学生是阳奉阴违，不戳破彼此都好看些，所以偶有冲突，但从未酿成大祸。不像“疯狗”，每逢毕业前后，都要提心吊胆的，深怕有仇家拦路给他难看。

在我读中学时，像这样的教师其实还有，“疯狗”与“红猴”，只是校园众生相中的两个罢了。被他们逼上头来，当然令人不快，有力气的话还真想与之理论一番，然而想想还是算了。严格说来他们都是与我们不同时代的人物，再加上他们受的教育有限，他们即使想跟上时代，也有调适的困难，从这个角度来看，他们可恶的性格中其实带有更多的可怜成分。

我上高中的时候，正好与“疯狗”的弟弟同班，我们相处得还好，我因而有机会常到他们的家，几次在那里看到“疯狗”，倒也一片客气的，没有什么异样。有一次我到他们家，正是黄昏时分，我看到“疯狗”一人在院子里扇着一个火炉，炉上一只锅子好像在炖煮着什么，房里面不断传来女性的詈骂声，随之而来的又是东西被抛掷落地的响声，简直乱成一团。我问我同学发生了什么，才知道“疯狗”“改信”了天主教，从天主堂拿来牛肉罐头，要在厨房热来吃，但被家人阻止，传统台湾人的家里是不准煮食牛肉的，“疯狗”只得在院子里“另起炉灶”。据我同学说，“疯狗”在家里没有什么人缘，每个人包括他自己的妻儿都不怎么尊敬他，就连他的母亲也讨厌他，老说他不孝，几次要他搬出去，但他身无长物，无处可搬，就只好在家住下去。

大约十五年前，我那同学因一种奇怪的病而早逝了，我特别从台北回乡参加他的丧礼，在丧礼中看到了“疯狗”，他为他弟弟的死哀伤不已。他还认得我，但因所在环境不宜，我们没有交谈。他的头发大部分掉光了，没掉的也变成了白发，他伸出手让我握了握，手上的肉还是厚厚的，但似乎已经没有握紧的力量了。这双手在我少年的时候，曾经操纵过多少事！让多少孩子受到打击或屈辱！但在丧礼中却显得松弛而无助。我突然想起古诗中有“零落同草莽”的句子，再盛大的花景也有飘零的时候。我有点想问他“红猴”的事，但没有问出口。“红猴”在当时或者已过世了吧，没过世也比“疯狗”更老，这些事何必要问呢，人的结局在这一部分不全都是一样吗？

有弗学?

以下是我少年时代三位老师的故事：

一　张鸿慈

《中庸·哀公问政》里头有段话是用问答的方式写的：“有弗学？学之弗能弗措也；有弗问？问之弗知弗措也；有弗思？思之弗得弗措也；有弗辨？辨之弗明弗措也；有弗行？行之弗笃弗措也。”反复问答的目的，是要我们牢记前面所说的博学、审问、慎思、明辨、笃行五种德行。老师说圣人要我们努力读书，就算我们是笨蛋，但“只要功夫深，铁杵磨成针”，也一定能够成功的。后面又说“人一能之己百之，人十能之己千之”，我们笨人只要用功，必要时花聪明人百倍的力气或时间，聪明人能做成的事我们一样能做成。所以《中庸》又说："果能此道也，虽愚必明，虽柔必强。"

老师在上面讲得头头是道、义正词严，但我们在下面不能无疑问，只是没有人敢举手提出来而已。难道聪明人做完一件事之后就束手不干，翘起二郎腿等我们后头的人奋起直追？我们即使费一百倍的力气，做成了也最多跟他是个平分，值得吗？要是聪明人闲着嫌无聊，又找一两件事情来做，我们岂非永远赶不上了，他如果又像孔子说的"发愤忘食，乐以忘忧"地发起愤来，我们笨人还有得玩吗？除非聪明人都像颜回一样短命，但寿夭之间也不会差了百倍吧。这说明圣人的这些话如不是骗人，至少也都有点迂。

教我们读这些文字的是我们的语文老师，又兼我们导师的张鸿慈先生。我读初一、初二都是他教的，我留级后他就不教我了，他还是把原来那班带到初中毕业。毕业多年后班上的同学还很怀念他，因为他教书很认真。语文课本上画双圈的课文，他都要我们背，不管是文言还是白话。我记得背的最长的是徐志摩写的《我所知道的康桥》，里面很多很欧化的句子，如："远近的炊烟，成丝的、成缕的、成卷的、轻快的、迟重的、浓灰的、淡青的、惨白的，在静定的朝气里渐渐地上腾，渐渐地不见，仿佛是朝来人们的祈祷，参差地翳入了天听。"又如："啊，那是新来的画眉在那边凋不尽的青枝上试它的新声！啊，这是第一朵小雪球花挣出了半冻的地面，啊，这不是新来的潮润沾上了寂寞的柳条？”那一段时候，我们小孩讲话都学着书里“啊”来“啊”去的，再加上许多“那是”“这是”“这不是”莫名其妙的句法，怪腔怪调地像在演戏一样。像这种长又夹缠的句子读起来都十分拗口，但硬是将它背熟又背快了，像成排的子弹从机关枪中扫射出来，也过瘾得很。老师会利用早自习的时间要我们背书，课文背完，又规定许多课外的文章要我们背，上面举例的《中庸》还有《大学》等都是他特地挑出来的。他并不冬烘，不像那些迷信背诵而不给我们讲解的人，他要求我们背的书都会先讲解一番，像前面《中庸》的一段，他常提示前面的问句如“有弗学”，要我们回答：“学之弗能弗措也。”接着告诉我们弗就是不，“有弗学”即“有没有学呢”的意思，而措是停止的意思，“弗措”是指不要停止。但他的解释仅能达意而已，他口才不好，理由也不充足，经常有词穷的时候。

他对学生很慈爱，这也许与他的名字中带个慈字有关。学生书背不出，有时犯了错，他会生气，但好像从不打学生，原先警告要扣分的，到时也扣得很少，或者干脆不扣了，大气得很，因此没什么人怕他。他不满意的时候常会不自主地皱鼻子，大家就给他取了个“阿鸟”的绰号，背后都阿鸟阿鸟地叫他。阿鸟是闽南语的意思，但得照“国语”来念，闽南语把皱的动作叫成“国语”“鸟”的声音，所以这“阿鸟”的鸟字并不是像许多骂人脏话里面的坏意思。不过我很少以“阿鸟”叫他，总觉得叫这么正经的老师作“阿鸟”，确实太不正经了。

张老师的太太是我上小学时学校的老师，我这么称她是因为她教的是低年级，从来没教过我，但学校很小，所有老师与学生都是认识的。老师与师母很恩爱，在张老师教我们的时候，他们膝下犹虚，我上高中以后，老师转到别的学校教书，师母教的小学，也就是我的母校，也因故解散了，我就没机会再见到他们。据说他们后来领养了个男孩，那个男孩长大后不太听话，为他们夫妇带来不少烦恼，至于细节我们都不很清楚。

大约十年前，一天，我的同学古朝郎告诉我老师死了。老师年老时住在台中，我们特别赶到他们台中的丧家。老师已出殡完毕，家里空荡荡的，师母当然也很老了，却还记得我们。我们问她家人还好吗，想起那个师弟，就算比我们小，也该有年纪了。她不正面回答，只说：“唉，就别提了吧。”

二　法云和尚

我在另一篇文章里写过我一位初中的历史老师，他是四川人，姓邹，单名一个“人”。这名字有点怪，一次别人问他怎么取个“人”字，他没好气地反问人家说难不成该取个“鬼”吗。据说他年轻时做过强盗，还杀过人呢，后来又落发出家，在庙里待了很长一段时间，法号叫法云和尚，最后又不知道为什么“落草”到我们这个穷地方，做个专教历史的教员。他个子很高，留着大把黑白相间的胡子，头发也从来不梳洗，邋遢得不得了，浓重的四川口音，没几个人能懂。他成天醉醺醺的，上课都是乱讲，他教历史其实有点不合格，但他教什么是合格的呢，也没人能确定。

尽管知道他上课是乱讲，学生还是很喜欢上他的课，聪明的小孩常会故意“设计”一些问题让他来发挥，最好说一些打家劫舍的事情来听。有次上课他讲到黄巢杀人盈野，就有人问他黄巢如何杀人，要他“顺便”也讲些当年杀人的故事，他傻傻地竟然落入圈套中。他说既作强盗没有不杀人的，以前作强盗没有枪，杀人都是用刀，他说作强盗也得讲“人道”，强盗的人道是杀人要给人一个痛快，不要折磨人家。让人痛快莫过于用刀“戳”他心脏，但是心脏外面有层排骨挡着，再快的刀也戳不进去。“那时候要怎么办？”想不到他认真起来，叫前排一个小个子的学生站到讲台上去，趁学生不注意一个马步向前，用左手扣着他的颈子，把那学生的脸都吓青了。他把右手比了比拿刀的样子，指了指学生“排骨”下的腹腔说：“从这里戳进去，要记得刀尖要对准心脏，戳到底，刀把子这么转上一转，这小子一下子就断气了！知道了吗？知道了吗？”他怕人不懂，连表演了几次，一时之间他把历史课当成杀人课，又把教室里的学生当成他寨子里的喽啰看了。说完他一松手，刚才表演被杀的学生呆立在那儿，久久没有动静，眼睛都快吓出泪水了，全班则鸦雀无声，一片静默，下课钟响了后又过了好久才慢慢回复常态。经过这次，再也没人敢要他说杀人的故事了。

他的专长其实是书法，他擅长草书，喝了酒更喜欢写狂草，他有几只像鸡毛掸子般长笔杆的毛笔，能作古人所说的擘窠大字。他也能正经八百地用楷体写“榜书”，有一年天主教灵医会在小镇创办圣母医院，招牌就是请他写的。医院招牌四个大字要先请他写就，再让人用木头雕好涂上金漆，钉在医院磨石子顶楼的高墙上，一个字要比两张榻榻米还大。要是现在，书法家会写一般大小的字，让人按倍数放大即可，但我们这位大和尚却真的照规定的尺寸来写。他要我们“小鬼”把报纸粘好铺在地上，要写这么大的字，他原来的大笔都派不上用场，他真拿起一只特大号的拖把，蘸起洗脚盆里的墨汁，说写就写地秋风扫落叶起来。那几个字太大，在近处根本看不出好坏，等一个月以后，医院开幕，远处就看到那四个闪闪发光的金色大字，真是龙盘虎踞有气势得很。他也得意非凡，把医院送的润笔全买酒喝光了，看到人老是说：

“什么天主教嘛，还是得找我这个和尚帮他提振提振！”然后哈哈大笑起来。

我读高中之后不久，他就离开我们学校“转”到宜兰农校任教去了，农校一团糟，当时是没有人想去的，他到那里去有点像古人遭逢贬谪的味道，究竟何以致之，没人确实知道。他在我们学校成天喝酒闹事，也许本来保他的校长后来也保不了他了吧。我读大学的时候有次回学校，一位与他有交情的老师告诉我，说邹人老师死了，言下不胜唏嘘。那位老师说，他到了农校依然成天喝酒，一天倒在地上，连呼吸都没了，学校请人买来棺材，把他入殓的时候想不到他又悠悠地坐了起来，把周围的人几乎吓死。他活过来以后还是喝个不停，终于又拖了一年多，才“真”死了。

我在台北上大学的时候，每次回乡，都会经过镇南的南门溪，圣母医院就在溪边，我常从不同的角度看医院主楼上的那几个大字。那四个字不但写得潇洒，又堂堂正正的，透露着无法言喻的恢宏气度，很少人知道那是由拖把写成的。法云和尚已经“圆寂”，他的遗墨仍壁立千仞般地留在高处，像是要向人们见证些什么。然而几年后，医院改建大楼，那四个大字最后也被拆卸掉了。

三　王攀元

我刚上初中，就遇上一位老先生教我们美术，后来知道他民国元年出生，当时也不过四十几岁罢了，但齿危发秃，一副老态。他名叫王攀元，是苏北人，说起话来，全是徐州乡下难懂的口音，再加上他牙齿快要掉光了，齿舌音相混，说话还会漏气，当然更没有人能懂了。因为学校小，只有他这一位美术老师，他从初一起一直教我到高三，算是与我渊源独深的老师了。

他极不善于说话，再加上说的话也没什么人能懂，所以就与他相处半日，也常常听不到他讲一句话。他第一次来上课，晃晃悠悠地走进教室，嘴里喊着“堪碧花”，然后用粉笔在黑板上歪歪斜斜地写上“铅笔画”三个大字，我们才知道他家乡话是把铅笔画念成“堪碧花”的。从此他就任学生用铅笔在白纸上自由涂鸦，不太管学生了。我记得从初中到高中，美术课好像没几堂不是画铅笔画的，当时穷，没几个人买得起水彩，画油画买油彩更是天方夜谭了。他上课，教室当然乱哄哄的，有时得劳神巡堂的老师或教官来维持秩序。

学校课程有主科与副科之分，语、英、数是主科，史、地、公民则为副科，像美术、音乐、工艺、家事等课又是副科中的副科，学校从上到下，是没一个人瞧得起这些课程的。当然教这些副科的教师也备受歧视，他们的办公室在总务处的隔壁，狭小阴暗，是学校最不起眼的角落，几个人合用一张大桌，桌子空荡荡的没放什么东西，好在他们也很少用到。教师有出勤的规定，但这些教师永远是化外之民，从没人会去查他们的出勤记录，他们很少在办公室，多数是有课就上，下了课就走人。

但王攀元除外，他上课之前与下课之后全待在办公室里，你可以随时在定点找到他。他家住宜兰，每天坐早班的火车来学校，早上没课，他就在办公室的藤椅上看书、读报，很少与人打招呼。他的午餐简单至极，只是几根油炸的麻花，通常就着白开水吃。麻花是硬又脆的东西，他的牙齿几乎掉光了，吃起来十分费力，他必须把麻花掰开成小段，小心放在仅剩的几颗牙齿之间，先咬后磨再细嚼，两只麻花吃下来要花上很长的时间。我与他相处很久，午餐几乎没看过他吃麻花以外的食物，我不明白他为何非得吃那种东西不可，不能换吃别种食物吗，或者偶尔换换？后来我读梅尔维尔（Herman Melville，1819—1891）写的小说《录事巴托比》（*Bartleby, the Scrivener*）时，心里陡然一惊，原来食物在小说中充满象征，这篇小说描写的巴托比是纽约华尔街一家律师事务所的书记，故事里的他也只吃一种食物，就是姜饼。巴托比孤僻偏执，完全无法与人相处，最后死在疯人院中。王攀元在食物上与他何其相似啊，希望我的老师不要有那么悲惨的命运才好。

我与两个同学平常对绘画有兴趣，也会画几笔，常被训导处找去为学校做板报，安排指导我们的老师当然只有王攀元了。我们已上高中，懂得窍门了，偶尔会“投机”要些手段。我们向训导处申请购买比较好的水彩，只要有单据，没有不准的，用剩的，就被我们几个人瓜分。水彩罐子打开即使没用完，很快就干了，我们不用，干了就跟报废了一样，因此读高中后，我们几个就有用不完的水彩，连带使我们言行举止也都因这点小小的富裕而自命不凡起来。有时我们会把剩下的水彩交给王老师，要他拿回家用，但他老实，认为那是公物不能拿。但他说如当场使用就没有问题，我们就鼓励他在我们做板报的时候作画，他就不客气地在旁边一张一张地画起来，把画坏的当场撕了，几张画得不错的都送给我们。

他虽不太会说话，但画画得真好，他有国画的底子，常把水墨的笔法放在水彩画上。罗东当年有位有名的水彩画家叫蓝荫鼎，曾被美国人邀请去写生，举行画展也造成轰动，被誉为水彩大师，当时美国新闻处还特别出过他的画集，他的画不要说在台湾，就是在世界也是很有些名气的。我看他的画，技巧确实很好，他的水彩光鲜亮丽，又有层次感，王攀元的就不是如此。王老师的画布局简约，色彩结成团状又比较幽暗，他最喜欢画的是几行衰柳，下面一条小船，或是在一片不分远近的原野上立着一栋茅屋，他不是用透视的方式看风景，所以远近对他而言不重要，说抽象也不尽然，他描述的是他心里对外界事物的关照，不是逻辑的，当然更不是客观的。拿来与蓝荫鼎的画相比，蓝的画尽管灿烂又精准，但总觉欠缺蕴藉，不够空灵，这是国画写意派的境界，学西画出身的人是很难体悟这里面的意义的。

高中毕业后我看资料，才知道王攀元是上海艺专毕业的，奇怪的是他以前似乎从未提起过。上海艺专在二十世纪三四十年代，曾引领国内艺术风气，几个主要的教师，如刘海粟、徐悲鸿、潘天寿、王济远等人，都是主张艺无东西技兼中外的，难怪王攀元的西画充满了中国人的艺术思维。但他命运困蹇，没地方让他一展所长，他很少作画，即使画出来也没人看，他只得像埋身在华尔街的书记巴托比一样，把自己严密地封闭在世界阴暗的角落里。

然而世事的变化完全出乎人的预料，王攀元到了七十岁左右，突然在岛上大红大紫起来。当然他的画确实有特殊的价值，在画坛上应该有他合理的位置，他被“埋没”了太久，社会理当还他一个公道。不仅如此，他越老越受人看重，据说还在创作不休，真是老而弥坚呀。我听说他一小幅水彩，现在市值三十万至五十万，而油画更贵。

自从他的“市值”提高后，我们要去见他就困难了，事先必须通过好几层“关卡”，再加上他重听得厉害，说话即使用喊，他也不见得听得进去，想想又何必呢？知道他被照顾得很好，就不再去见他了。不过这种“暴起”之势，他自己起初也很不适应，他要那么多钱干什么呢？镁光灯与金钱是最容易扭曲人的性格的，但人一掉入那个陷阱，就很少能挣脱得出来，否则怎么叫它“名缰利锁”呢？二十多年前，他正“红”起来的时候，有次他在台北仁爱路的名人画廊举办画展，晚间参观的人走光了，我陪他走回他暂住的地方，在路上他一边抓着我的手一边跟我说：“怎么像梦一样啊！”

世事确实像梦一样。回想我中学的几个老师，那个疯狂的法云和尚早已过世，除了那个表演被杀吓出一身冷汗的小孩，现在应该已没几个人会记得他了。教我们背书的张鸿慈老师也过去了，记得他的学生应该比较多，因为他做过长时间的导师，与学生的关系较深，但记得详细的也一定不会太多。有一次我问古朝郎还记不记得张老师教我们背“有弗学”的事，他说背书还记得，但背的是什么已无任何印象。可见人的记忆各凭好恶而有所选择，想记的会记下，不想记的很快就忘了，心理学家说常人的记忆是既不公允也不正确的，记忆如不正确，记得与否，当然就不是那么重要了。

在我书房的一面墙上挂着王攀元老师早年送我的一幅水彩，上面画的是一轮红日，我常在这幅画前凝神沉思。它有强烈的暗示作用，又有丰富的启迪意味，但它也同样让我困惑，我甚至不能断定画中的太阳是旭日还是落日。同样地，我们所面对的纷纷世事，有的再清楚不过，有的虽清楚却无法不启人疑窦，像是成功与失败、掌握与失去、荣誉与羞辱，哪个更接近人生的真实？这样的问题，我总也找不出答案来。

后 记

可能是老了吧，最近常想起往事来。都是细琐的，微不足道的。譬如一些我从来没想起过的事，一天突然想起了，或以前曾经想起过，但光是想起，却从来不曾思索，现在会放在脑中思索了。思索半天也不见得会得出什么结果来，不过无所谓，思索有时有目的，有时没有，思索只是比一般的想繁复点吧。

还不到四岁的时候，我的父亲就死了，那时好像抗战刚胜利，父亲服务的兵工厂还没从湘西“复原”到它原来的地方，我们还住在辰溪的一个临溪谷的木头屋子里。长大后看沈从文的小说，这地名常在他的故事中出现。父亲的棺木由几个工人费力地扛进屋子，棺木外层涂着简陋的红漆。他们把穿着一身白衫的父亲抬进棺木，棺木前的方桌上放着糕点供品。我记得我吵着要吃，姐姐说那是给父亲吃的，但我不管，继续吵，母亲就从供桌上拿了一块糕给我吃了，那是我对我父亲丧事的唯一记忆。父亲匆匆埋葬，据说我们要随厂迁徙，父亲的墓碑是用木头做的，父亲应该埋在距离我们住家不远的一个山坡上。

后来我们迁到武昌。大姐早结婚，不与我们住一起，二姐到汉口读二女师，我与母亲及三姐及妹妹住在一起。三姐在武昌蛇山下面的一所小学上学，我六岁时该上小学了，三姐带我一同去上学。她有一把画着许多燕子的洋伞，把伞打开，旋转伞柄，就像有群燕子在周围飞着。姐姐不准我拿她的伞，怕我弄坏了，我吵着要拿，她就唱歌给我听，歌是："燕子啊，你来自北方……"那歌，后来常在我孤独的夜梦中响起。

在武昌的时候，我们很穷，我们一直很穷，但大人不让孩子知道。母亲一度到汉阳的一户人家去帮佣，也把我带着去。那家人住在一个湖的边上，湖边长了很多芦苇。一天我发烧，母亲有事要做，不得不留我一个人在房里，她倒了一大杯水放在桌上，要我睡醒了记得喝水，她临走又放了个柿饼在我枕头下，说饿了可先吃它。母亲不知什么时候才回来，我一直很乖地躺在床上，发烧也使我没力气，那柿饼的香味陪伴着我。不只如此，我以后一闻到柿饼的香味，就想起自己的童年，那个惨淡的生病的童年，当然其中也少不了母亲。

可能是一九四八年吧，年底的时候“共军”要渡江了，读二女师的二姐已与我以后的姐夫结识，二姐夫当时是国民党的低阶军官，他要我们随政府南迁，他的部队在别处，但他派了他身边一个名叫韩良友的勤务兵安排我们搬家的事。韩良友是四川人，脸上有麻子，脾气很好。我们“撤离”武昌的时候已是兵荒马乱的状态了，我听有人指着火车站上面飘着的青天白日旗说，再几天就要给换下来了，我无法分辨他的语气是兴奋还是悲情，我那时也不觉得有什么，哀伤是成长之后才有的。火车挤不上去，韩良友把我们拉上车厢顶，车厢的顶部是半圆形的，很不好坐人，韩良友用军人的绑腿带子拴住我们，带子另一端绑在车顶通气口的铁架上，这样我们就不会摔下来了。他还把一只网篮、一个木制的马桶用同样的方式绑在通气口，网篮因为大还好，那只马桶本身是圆的，虽然绑得很牢，火车走时颠簸，随时有可能滚下，我只好一路用手抓牢它。沿路我想，这只马桶做出来的时候，一定没想到会被人带到远方吧，而我们人呢，下一步要到哪里，连大人也不见得事先知道。到了岳阳，韩良友看有人下车，就把我们小孩拉进车厢里，他跟大人仍留在车顶，直到衡阳。我们后来在衡阳住了几个月。

隔一年，我们从广州海珠桥旁的码头搭船，据说船要先经过香港，然后航向台湾。船走了一半，听说香港不准我们的船进港，广州又“失守”了，我们进退维谷，后来船就带我们到海南岛，我们在海南岛住了一段时期。我们乘的船是艘近海的平底船，十分摇晃，船舱挤满了人，大多是军人及军眷，大家都在呕吐。船长巡船时发现母亲说宁波话，说是同乡，就让母亲带了我们挤到他的船长室，就在驾驶台的旁边，船长说那里空气好些。驾驶台里一架收音机正在广播，里面的人一遍一遍地教人练习唱歌，歌词是：“起来，不愿做奴隶的人们！”不久我都学会了，不过我对里面的那句“每个人被迫着发出最后的吼声”不很懂，因为歌在这儿唱得太快了。甲板上挤满着穿土黄色军装的部队，还有一大批穿灰蓝制服的“伤兵”，胸口画着个红十字。甲板一点空隙也没有。船在接近出海口的地方，颠簸得更加厉害，一个兵掉下船了，他在船尾卷起的黄浪中狠命招手，但船没有停下来，一会儿就见不到他了，不知是太远了还是灭了顶的缘故。

交错的图像、麻痹的感情，回忆都像上面写的，全是细琐的事，没头没尾，有时头起得不对，有时结尾反而像是起头。事是乱的居多，很多声音、很多人影，也该有复杂的线条与色彩的，但在回忆中都被压缩成了无声的薄片。到台湾后我们住在宜兰的罗东，以后我在那儿度过小学、初中到高中的生活。这本书上写的，就是在那里的生活。片片段段零零星星的，平常不见得都记得，但蛋壳上只要打开一小孔，整个蛋汁就会全流了出来，那些早已消失的人与事自己会来找你，挥也挥不去似的。

我常想，“故乡”是什么？小时候听人家唱一首歌，名叫《我的家在大陆上》。家在大陆上表示没有家，因为大陆太大了，说我的家在大陆上跟说我的家在地球上有什么分别呢？故乡应该是个小地方，是以自己家为核心，由亲戚、同学、同事、朋友所形成的一个不太大的“聚落”。故乡是对于一种习惯的称呼，这习惯包括吃东西时的甜咸口味，对空气湿度、色彩明暗的反应，还包括形容词的用法、吃甘蔗时要带皮吃或不带皮吃之类的一切生活细节的态度……假如不包含这些，故乡就只是一句空言。还有，故乡是一种哀伤，这一点很重要。我看到台北的信义区，连栋大楼排云而起，我看到高雄爱河被整治一新，我为明亮与峥嵘的现代建设欣喜，我没有哀伤，我在那里找不到历史的对照，就是找到也不关痛痒，因为它不是我的故乡。但我在罗东就不然，那个名叫“南门港”的小溪已成公路下的暗沟，以前的“暗间仔”妓女户变成了繁盛的街衢，太平山的林业早衰颓了，运林木的小火车在遭废弃的竹林总站烂成斑斑废铁，我住过的低矮眷舍已改建成摩登的电梯大厦了……高雄人来看罗东，以为一切摧枯拉朽是进步的象征，而我跟我的几个同学却因为这样的改变而黯然神伤，只有认故乡为故乡的人才会觉得这里已变得不是故乡。

什么是记忆呢？连带要问，什么又是遗忘？去年二姐去世，她是我们家里最“冰雪聪明”的人，她过世前四五年就开始记不清楚东西了，但在她正要全面忘却的时刻，她的记忆却违反常理地又多又“好”了起来，但记得的都是很早以前的事，而且时空错置得厉害。她老是说母亲在家里等她，她好几次骗过照顾她的孩子，从台北乘夜车赶回罗东，她在南门港附近徘徊，她说怎么家都变了，连她都认不得了，她焦急地沿路敲门问母亲在哪里。最后遇到熟人，才打电话给我外甥将她领回家。记忆是专为遗忘在做准备吗？

有关回忆的事，怎么说也说不完的，还是不要再写了。这后记写得有点悲哀，我该写些像书里那样轻松又愉快的往事，但我在写那些轻松又愉快的往事时，心情是复杂的，不见得每次都是看起来的那么轻松。很感谢《印刻文学生活志》邀我写了一整年的稿，让我在写稿的时候畅快又忧伤地回忆往事。这些文章在杂志刊登，专栏的题目是“五陵衣马”，现在出书了，书名却成了《同学少年》，有些人不明究竟。这个典故正如张瑞芬教授在序中说的，是来自杜诗的“同学少年多不贱，五陵衣马自轻肥”。老杜对身陷安史之乱的长安老“同学”颇为愤愤，乱世之中仍能着轻裘、乘肥马的人当然是人格有问题的。我的书名虽来自杜诗，但严格说来是倒用其意，我回忆中的少年同学没有一个是“五陵衣马自轻肥”的，他们不仅不是“不贱”，而且是不折不扣的微贱或者是贫贱，但因为有他们，台湾显得不那么浮夸，显得比较真实，台湾这个地方更像我们的故乡，值得我们为她珍惜而忧伤。

谢谢张瑞芬，她决定为这书写序的时候，我们尚是素昧。她的序写得太好了，以至于使得我再说什么都是多余。她写得好不是对这本书所作的赞扬，而是她把一个人的所有创作当作一件事来看，文学与生命都是不能分割的，她整体来评论，发潜德之幽光。我有潜德也有幽光吗？被张瑞芬一说，似乎有了起来，她不知道我有多高兴。

我觉得，自己要更努力。

二〇〇八年八月立秋已过之日

附　那些忧伤、音乐，和记忆

——读周志文《同学少年》

韩猛

有一天，与我的一帮早已娶妻生子的乡下同学喝酒回来，忽然想起黑泽明拍摄的电影《梦》中的一个段落。小男孩因为无意中偷看了狐狸嫁女，被母亲关在了门外，要他去往彩虹尽头寻找赎罪之道。黑泽明的本意大概是要说自己投身艺术生涯的悲怆之路，不走到美的尽头，就永远无法回复旧的轨道。我却转而凄然地想到，人生的路虽有千千万万，却似乎早已有了既定之规，不容僭越，一旦逾越了人生的先天界限，窥看了不该窥看的世界，就要受到被关在门外的惩罚，回返势将不能，而要被新的世界所接纳，又必须付出常人难能的意志和努力。

在《同学少年》中，周志文似乎也在给我们看一个永远无法安顿的人生。

《母亲》一篇中说："一次，她跟我说，希望我好好读书，长大后也许可以到银行上班……又说我们家穷，我如果考师范也好，师范学校读书不要钱，将来做得好也许能当个校长，下面管许多老师也是好的。”母亲对“我”的期望，是卑微人生的一种企望，也因着与事实的遥远距离。那穷其一生未能知晓其详的陌生行当，是神秘又令人向往的。她可能在想，总有一些比我们所了解的更美好的生活吧？这种期待和想象，竟是可以穷其一生。老年的周志文，回首检视一番，发觉自己既没能穿着白西装到银行上班，做了一辈子老师，也终于没有做过校长，歉然地说愧对母亲。周先生后来在“知识教”里修行，也悟到：“我知道我的知识其实有限，母亲的知识当然更有限，但相比起来，其实差别不大，我们只不过在有限世界的有限时间中活着罢了。”那么差别是什么呢？我觉得，差别是从此周志文走上了一条比任何人都高蹈孤清的路途。

有时悲切和沉痛都没有用，他如此静静地回顾他的母亲和父亲的婚姻，在他们都物故后：“婚前婚后都没有激烈的感情，那不是亘古以来的一般婚姻吗？人不可能没有感情的，但不断压挤，或闲置不用，再澎湃的感情也会变成一条废弃的神经，最后失去了作用，也跟没有没什么两样了。”

看周志文的文章，最感喟的是，他描摹世事，百年一瞬，所有事情都勘破，底里的悲哀都凝结成冷硬的坚冰，唯有那时的苦楚是真实，其后不过都成坚硬的痞块。所以，他的清瘦冷硬的文字里，其实隐匿着当年那个敏感异常的灵魂，一经同样纤细敏锐的神经触到，几乎都有泪水被催发出来，这时让人感到，冷硬的石头里面居然浑朴地蕴着无限悲情。这种慷慨不平之气，似乎一直维系到今天，我每见他冷嘲热讽地说些笑话以爽朗的笑声来调节气氛时，总感到，这笑谑背后或者是它遥远的起始处，是发于对敏感神经的掩饰。

忽然想起那年夏天，在曲阜，晚上大家围坐在周先生的床头，他忽然感慨地说，他是个没有故乡的人，始终游离，我们也就跟着废顿良久。我其实很喜欢听他讲话，多数时候是笑话连连，又有无数的趣事可说，这最是令我羡慕。仿佛他经历的人生偏就是比别人要丰富多彩得多。

周志文的人也有一种志气廉隅，我每想起他的容颜来，总觉有些许贝多芬的样子。那年我们在曲阜，看了孔丘的一幅丑相，亦曾开玩笑说，这个像周老师，他竟一脸严肃：这个不要乱比。他是真有身处圣人圣地之感。后来想想，他说那话时其实更有孟夫子的严严气象。他的人都是一派温和，甚而常常是笑谑连连，汉末人士大概即是此种风范吧。但我每觉他的脸上隐隐然伏有一种疾言厉色的神情，即便是在那里静听你说话时，亦会有一种不怒而威的气氛，幸而他的笑话每每会及时破空而来。他的简易又是可以使人当下全然卸去戒备心和畏惧心。所以我后来与人写信，常自以为是地说到周先生，说他高古乖僻，我却觉与他最是可坦心扉。

龚鹏程说周志文秉性孤凉，语妙天下，我却觉得周先生是个泼辣坚忍的人。他是刚毅甚且有几分狷者气，却是极清隽有韵味，人也细腻敏感得很。他秉性清朴，内心里却一直有华丽的一面。就像他爱听交响乐，爱看印象派绘画。当然，正像他《梵高之路》文中写到的，在高亢和错乱中营造奇特的纯净和神圣感，是他所感受到的那些危殆的时世人心与梵高合了符契。我见出他的骨子里面的孤傲，倒不是落拓不羁，却也不肯与世谐同，就像李白的诗——“一生傲岸苦不谐”。这个老头儿真是充满了魅力。

他这书中，写被历史和精英所忽略的小人物们，当然人人自有其生活的光芒，但在他写来，真是满目凄凉之意。我以为周志文是庾信暮年诗赋动江关，沉郁之极，又丰厚之极，并不过誉。他还有更好的文章，不肯匆促收入于此呢。单单是眼前这书，那些触目皆是的忧伤，真如同勃拉姆斯的音乐一样，余音都要绕梁三日。

《花样的年华》一篇写他的姐姐，写到姐姐晚年一幕，最令我难以忘怀：“我记得过年前去看她，她呆坐在屋子一隅，看到我只会浅浅一笑，她已经失智多时了。她的几个子女都孝顺，最小的儿子为了唤回她的记忆，特别买了一套周璇的唱片，不时在一个小音响中播放。我去的时候，正好放着那首《花样的年华》，我们带着她唱：‘花样的年华，月样的精神，冰雪样的聪明……’这首她年轻时最熟悉的歌，她的几个孩子都是在这首歌中长大的。然而不论我们多大声地唱，她都没有反应，当时的她端坐在藤椅上，眼看着前方，好像世上发生的一切她都懂，但都与她无关，挂在她脸上的是像菩萨一样的永恒的笑容。”人世的莫大悲哀，在他的笔下，从容写来，已让人不堪。

《火车梦》写他童年在铁道旁拾野菜充饥、拾落煤，火车在儿时便是不能想象的庞然大物，能掌控火车的车掌，或者暗暗蕴藏了他幼小心灵中渴望掌控巨大难驭的命运的意图。他写看火车轧死鸭子的震撼："它太紧张了，总想脱逃"，"被碾过的鸭头，似乎一点痛觉都没有，还是原本的表情，黄颜色的喙部向后咧，像在笑的样子，眼睛依然光亮明晰。但等火车过了，我们跨越平交道，再看这只倒霉的鸭子，它的眼睛就逐渐黯淡下来，终于灰败得如同它当时的处境。"他所描述的心灵震撼是在说什么，自然会意了。他的后山人生，使他自小对生命的卑微体验超出同侪。

开篇《路上所见》写到台湾的后山小镇："但小镇到底是偏僻的小地方，不论沉睡或醒来都需要时间，这里的人神经松弛，欲望与气度都不大，对自己的未来，大约在十步之外就浑然不觉，既不担心，也没有憧憬，整体看是浑浑噩噩的一片……十余年的沉寂，对这里的人而言，好像只是夏日午后坐在凉椅上打了一个小盹一样。就在小镇打盹的时刻，正好是我从童年、少年步入青年的阶段。我现在回忆我那一段时日，完全像梦境一般地迷离，每次回到小镇，看到物是人非或物非人亦非的情境，就想起张宗子啮臂自呼‘莫非是梦’的样子，自己也跌落类似的感怀之中。”我最爱看他这样切实的描述，一段颓圮的旧日辰光，氤氲着陈旧到让人怠惰一世的气息，在这样的环境中长大，如今可以悠然回首向来处，其心境可知。他的记忆如此开端，下面轻启幕布，会预伏怎样的更让人恹恹和懊恼无端的记录，且请读者自己去看。

我有时候会觉得，一个人必须至少生就两副心胆，才可面对和应对眼前这个世界。我亦是这样看周志文。所以才每见他表面上嘻嘻哈哈，心里面却早已落了泪，这泪且不为自己，却为这世情，为这些人。《同学少年》也是，在表面的许多欢声笑语甚或是戏谑背后，总改变不了一样的忧戚。

他写从小见识到教会间的仇视与斗争，他到教堂装作信徒骗吃骗喝，“吃尽万教”，纯为生计无着，却不料领教到更大更多的污秽与丑陋，以此竟养成坚忍和无所不能容的性格。还有社会对他直接的伤害——留级，使他过早地尝到巨大的挫败感和无尽的讥讽、嘲弄，他的成长被逼入阴郁混乱的境地。半生之后，他仍念念不忘每一个细节，认认真真地讲述和分析留级制度之弊和其中曲折。多年后，在小镇街头陶器摊偶遇一起留过级的“性学大师”，他卖陶器为生，却把养鸽子当作生活里“最有味道”的事，在他家房顶上，见“他举起插在鸽笼边的竹子，上面系着一面红色的三角旗，他用力地在风中挥着，我与他一起，看着远方的鸽子，好像自己也能飞翔，能够把年轻生命中的困顿与哀伤远远地抛掷到脑后一样”。写留级的这篇文章命名为“白鸽”，也许他印证出的恰恰是无法抛掷和忘怀，和仿佛一世都不能够的自由飞翔。那一次困顿，萦绕一生。

“悲苦之词易写，欢愉之辞难工”，然而如今的时代，却处处充斥着欢愉，廉价的欢愉低劣的欢愉浮浅的欢愉。仔细想来，悲苦之词中其实还有一份诚笃和厚重的心态，自有一份根基在，最易写的这时候又会变成最难成就的；因而，反过来看时，也会发现，浮浅无根的欢愉中又如何能有如此深切深沉的内心和对人世的关照?

《同学少年》书里的关键词，我想除了忧伤，还应该有音乐，以及记忆。

他写自己初听《命运》的感受，这种后设的记忆里究竟有多少表述是最初的体验，不得而知，但他对于“命运”二字的感慨系之，让我觉得几乎是必然的：“……我从很小的时候就体会到生命旅程的复杂性，生命中也许有荣耀，但也避免不了有屈辱，眼前尽管一片光明，但随即而来的可能是闪电与雷鸣，就像李斯特在钢琴组曲《巡礼之年》（*Années de Pèlerinage*）里的描写，在经历过瑞士的奇险、意大利的风和日丽之后，必须进入云雾缭绕的灵魂深处做另一番巡搜，人生的旅行才告结束一样。变与多样是事实，我们必须随时准备以应付世界的万变。”

我最欣赏的恰恰是，他的谈论音乐和情感，毋宁是要安顿自己，他自己的感情，也正是这样地无以名之。他的人也便如他爱的音乐，无穷细节重章叠句地砌成了七宝楼台，一到了真触到他心底酸楚的地方，往往故意缩短了时值，降低了情感的热度，冷冷地、简单地、急忙地要一笔带过。音乐和他所经历的人生故事纽带相连，令人感动莫名。在雨中伏在教堂牧师娘窗口听《天方夜谭》组曲，是真正纯净而又美丽忧伤的记忆。在学长目屎阿欉家里蹭听《特里斯坦与伊索尔德》的故事，还有仅仅因为青年时期一段恋情却和他分享半生肖斯塔科维奇的毛毛的一生。那位引领他进入音乐大门的同学的命运，尤让他慨叹死别吞声的人生际调不可测量。

那些音乐仍然灼灼其华，往事故人却在凋歇零落。

我向来很佩服记忆力好的人，却不曾想，是有些人特别用心地在生活着，他们敏感地关注生活中种种细节，以此根苗深种，得以铭刻心中。小时做作业时母亲提水的声音、放学时听到母亲炒菜的声音……看周志文表面上若无其事地回忆着小镇照相馆"学妹"的照片，其实他的内心早动了真情。半生之后，重见到学妹，他有心去问，才发现这些在旁人早就变得无关紧要。他也只好自知无趣地道是没什么没什么。我能想象他的表情，他也不会对人对事有莫名其妙的歉意，似乎是狡黠一笑，片刻自嘲了一下自己的迂腐。

少年情事老来悲，死生契阔，往事如烟，没有比这些更让人怅惘的了。"许多少年时代发生的事，如果不去特别想它，就像根本没发生过一样。"詹国风、魏黄灶、姚青山、尤金祝、毛毛，等等，这些少年同学的人生行迹上，也见出光怪陆离的人世百态，举凡扶乩、命相、怪力乱神、异色笑谭，都因为他们得以切实，所有这些，最后又都成一派凄凉的身世之感。周志文这一生，生活得必定是不安宁，却是扎扎实实生活的底子，所以他不会无病呻吟，也不会动辄浓情厚意，他见过太多荒谬的现实。小小孩童就从"娼妓暗街"和"棺材铺"中穿行，世界对他永远是纷乱如麻、荒诞不经的混合体。眼中笔底泄漏的天机，才是骨子里的真实。他又不得不把真情遮掩起来，冷眼峻视。他原本可以的情感投射，都成了无可标的，于是，倒不如冷冷地漠然观察，尽管心底的炭火总也不肯熄灭。

不过，他的记忆又带着一层台湾特有的温婉气质。我想起离开北京的前一天晚上，不知怎么和周先生聊到平克·弗洛伊德，由此及于音乐种种，周先生兴奋地忆起许多美妙的声音记忆。时间很晚了，最后他说起盲按摩师的笛音、卖面茶的壶哨声，以及周璇的《花样的年华》。那天晚上，他以无限神往的语调为我叙述这同一段记忆时，我感动不已，觉得如同身在一部令人不能自拔的好电影中。

“岁月在经过，我亲爱的，很快就没人知道你我知道的是什么。”纳博科夫如是写道。周先生大概也有这样的感受，所以他把一切幽微难测的、仅属于他个人的隐语和心结，都坦陈在这本书上。